U1011656

TopBook

一个人，遇见一本书

餐书客

日本百名山

[日]深田久弥

日本读卖文学奖作品
人文情怀融入天海山川
德仁天皇挚爱手边书
引发日本『征服百名山』热潮

译者 冯任远 杨晓钟 曹珺红 等

陕西新华出版传媒集团
陕西人民出版社

图书在版编目(CIP)数据

日本百名山／（日）深田久弥著；杨晓钟等译. —西安：陕西人民出版社，2020. 12

ISBN 978-7-224-13899-3

Ⅰ. ①日… Ⅱ. ①深… ②杨… Ⅲ. ①随笔—作品集—日本—现代 Ⅳ. ①I313. 65

中国版本图书馆 CIP 数据核字（2020）第 267081 号

出 品 人:宋亚萍
总 策 划:刘景巍
策划编辑:关　宁
责任编辑:王　倩　张启阳
封面设计:哲　峰

Top Book
蓥书客

日本百名山

作　　者　[日]深田久弥
译　　者　杨晓钟　曹珺红　等
校　　译　冯任远　江燕玲
出版发行　陕西新华出版传媒集团　陕西人民出版社
　　　　　(西安市北大街 147 号　邮编:710003)
印　　刷　西安市建明工贸有限责任公司
开　　本　787mm×1092mm　32 开　7. 125 印
字　　数　140 千字
版　　次　2020 年 12 月第 1 版　2020 年 12 月第 1 次印刷
书　　号　ISBN 978-7-224-13899-3
定　　价　29. 90 元

关于深田久弥

——写在《日本百名山》之前

杨晓钟

深田久弥拥有有趣的灵魂,他一生纵情于山川之美,曾写下《我们的群山》《山岳纪行》《山顶山麓》等作品,又有《处处有山》《我心爱的山》等游记散文。可以说,“山”是他创作的源泉,“行山”则是他人生的目标。

深田久弥大学时便喜欢登山,后来干脆肄业,专心登起山来。日本的海与樱花举世闻名,相比之下,山的气质并非那么独特。但深田久弥不会认可这种看法,他以自己的脚步和笔触,改写了日本的山给予人们的印象。

日本的登山者不乏其人,深田久弥是其中的异类。他博览群书,带着前人的登山记忆,每每登山,总能找到山最曼妙之处。在一次次的登山中,他本人的性情与山川融为一体。如此一来,他笔下的日本山脉,总洋溢着穿越千年的神采。古老的气韵,加上文人情怀,展现在读者眼前的,便是这本不一样的《日本百名山》。

1964 年,《日本百名山》获得“第十六届读卖文学奖”奖项,成为日本登山爱好者心目中不朽的经典,而作品以优美的文风,展现出日本连绵起伏、错落有致、与天海相依的百座名山,也成为读者推崇的经典散文名作。

2

1971 年，深田久弥在攀登“茅山”时病故，令时人惋惜。然而，这件事对于逝者本人或许并非不幸——毕竟，魂归毕生热爱的乐土，也算是生命的升华了。

目录

5

1

一、利尻山

那秀丽峻拔的身姿令我终生难忘。

站在礼文岛[①]上，眺望夕阳下的利尻山——隔着一片海，它岿然屹立。

落日把它染成一片金黄，它的美给人一种视觉的震撼。这震撼，不是因为利尻富士[②]的优美匀称，而是因为它那如剑般锋利的山岩。这座岛，就是这座山。

海拔有 1700 米且整岛为一座山的地方，全日本仅此一处。九州南面，海中的屋久岛[③]虽然也是整岛为一座山，且海拔将近 2000 米的，但正如岛上的山的名字“八重岳”一样，只是好几座矗立的山峰。不像利尻山，整座岛好像被人从中心向上提起，顶点直插云霄。

故而，如此绝妙的海上奇峰，在日本，便只有利尻山了。

就是这样一座奇山，不论是志贺重昂[④]写的那本山岳名著《日本风景论》[⑤]还是高头仁兵卫所著的《日本山岳志》[⑥]都未曾提及，不由得让人感到遗憾。但也由此可知，直到那时，世人还不知道利

---

①礼文岛：在日本海的北海道西北侧，位于稚内市以西 59 千米、利尻岛西北约 10 千米，隔礼文水道与利尻岛相望。

②利尻富士：利尻山又称利尻富士。

③屋久岛：位于鹿儿岛南边，也是鹿儿岛县大隅列岛群的一部分。

④志贺重昂(1863—1927)：地理学家、评论家，代表作品《日本风景论》。

⑤《日本风景论》：日本国近代名著之一。由政教社于 1894 年 10 月正式出版。

⑥《日本山岳志》：1906 年出版。日本最早的山岳百科事典。

尻山之美。

我读到的最早的关于利尻山的游记，是牧野富太郎[1]先生的文章，登在《山岳》创刊初年的第二期上。那是明治三十六年（1903）8月，这位植物学家和他的团队登上了利尻山。他们从鸳泊[2]出发，沿着那些不能叫作路的山路攀爬，在山中住了两晚。据他说山顶有用木头建造的小神社，可知当地的人们早已登上过利尻山了。正如游记中记载的一样，这里是日本北部植物种类最多的地方，据说仅冠以利尻之名的植物就多达18种。

利尻岛是个火山喷发形成的圆形的岛，屹立在它中央的利尻山，山脚直插入海。因此，人们只能居住在靠近海的边缘。环岛行驶的巴士将村镇连接了起来。其中，沓形、鸳泊、鬼胁以及仙法志是四个主要的镇子。不用说，在这四处都可以看到利尻山。虽说利尻山形状近似富士山，但观察的角度不同，形状也会有些差异。从鬼胁和仙法志之间的三日月沼一带远眺，其形状最是尖锐，就像是一个巨大的三角锥。

利尻山与北海道本岛隔绝，所以这里没有北海道的蝮蛇。就连北海道的山上必定有的棕熊也没有。据说以前海对岸的天盐发生火灾时，棕熊们为了避难，曾经游过来小住。但不知什么时候就没了踪影，也许是眷恋旧巢，又游回去了吧。

从鸳泊、鬼胁和沓形都有路可以上山。最老的登山路，就是牧

①牧野富太郎（1862—1957）：日本植物分类学之父。
②鸳泊：利尻岛的港口。

野富太郎先生他们走的那条从鸳泊上山的路。这条路虽然较长但是好走，选这条路的人现在仍然最多。而山对面走鬼胁的那条路，虽然路程短，但是地形复杂，在快到山顶的时候，还要冒险爬一段窄窄的天然石梁。

我们是从沓形上山的。这是条新路，路程也有点儿长。穿过山麓平缓的森林地带后，视野便一下子开阔起来。向下望去，只见海浪如白色的蕾丝，层层涌来，远处波浪的尽头漂浮着岛身细长的礼文岛，这让人恍然大悟——原来我们已经到了满是爬地松的高山带，御前橘红色的果实点缀在路的两旁。风暴刚过，大气澄澈，但大风仍然呼啸不止。礼文岛山下艳阳高照，山尖尖上罩着的云却是久久不去。这是海洋气流被山顶阻挡后不断幻化出的云雾，它将礼文岛的山顶完全笼罩，让想要一览岛峰之美的我们只能望而兴叹了。

从海边出发到云雾缭绕、海拔 1700 多米的山顶，我们慢慢爬来，足足花了 8 个小时。山顶的风，刮得人站都站不稳。但它也不时瞬间吹散云雾，让壮观的景色展现在我们眼前。这就是蜡烛岩——巨大的岩柱像大山生出的獠牙，在云雾缭绕中若隐若现，越见奇诡。

我们原打算取鬼胁一线下山，考虑到强风天气走狭窄的山梁比较危险，最终选择了鸳泊路线。这条路虽然好走，但是真的很长。等到回到鸳泊时，天已经黑了下来。

第二天下午，我们离开了利尻岛。那是一个秋高气爽的好天气,我们的船驶向稚内[①],离利尻岛越来越远,回眸望去,岛已不是一片陆地,而是一座山,一座浮在海上的大山。

利尻岛就是利尻山。

稚内越来越近,不一会儿,山已消失在海平线下,远处的海面上腾起一朵圆锥形的白云,那就是利尻山留给我们的最后一瞥。

二、罗臼山

罗臼山也叫“知床富士”。这大概是因为从罗臼村看,高高耸立在眼前的这山,看上去就是一个美丽的圆锥形。村子就在海边,离罗臼山直线距离只有 8 千米,抬头仰望海拔足足有 1661 米高的罗臼山,那感觉肯定是很雄伟、很壮观的吧。为什么要说“肯定是”呢? 因为在爬罗臼山之前,为了等一个好天气,我在村子里的民宿住了四天,也没能一睹罗臼山的风采,只能通过照片来猜了。

罗臼村是知床半岛唯一的“大都会”,一条主街,排列着电影院、美发厅和酒吧。酒吧好像是为那些赶鱼汛而来的季节工们准备的。村子尽头是港口,这里,乌鸦一群群的,多得惊人。

“罗臼”据说在阿伊努语[②]中的意思是“捕获鹿和熊等动物之

①稚内:位于北海道岛最北端,是一个被日本海与鄂霍次克海夹在其中的港湾城市。其因为大风四起的日子较多,故又有“风之城”之称。

②阿伊努语:是日本原住民阿伊努人的语言,阿伊努在阿伊努语的意思就是“人”。

后，一定会埋在这里，所以这里是有它们五脏六腑和骨头的地方”，“ra”是“动物的内脏”，“usi”意指“很多的地方”。“rausi”才是正确的叫法，古地图上写作“良牛”。

村子里有一座诚谛寺，寺中的住持西井诚谛大师，为罗臼山的开发出过不少力。从村子到罗臼山的登山道，也是西井大师等人的杰作①。在那之前，想要登罗臼山的人，都得从半岛北岸的宇登吕，经过岩尾别才行。沿着岩尾别川逆流而上，可见一处温泉，那儿便是登山的一个非常好的落脚处。从距离上来看，也是岩尾别离山顶更近。因此，或许这边的登山道才是最先被开发出来的吧。

我是从罗臼村上山的。

从村子沿着罗臼川走，大概一个小时，便到了罗臼温泉。这儿虽然有村营的旅馆，却没有粮食、寝具。从这里再往后就是正式的登山了。绕过覆盖着针叶林的山脉，下到一条被硫黄染黄的小溪。再从那里沿着一座巨大的岩壁——屏风岩的底部爬上陡坡，便来到一片叫作罗臼坪的大斜坡。

整个罗臼坪被爬地松覆盖，那枝繁叶茂肆意伸展的样子优美而从容。到了季节就会变成一片花海。罗臼坪的对面耸立着三峰山，再往北走，经过刺类川、鹫之巢，直至硫黄山处，有一条近几年开的登山路。从那里可以直通硫黄山的山口——听说硫黄山火山口外轮的岩壁之美可称得上壮丽凄绝。

①那是昭和二十九年(1954)时候的事情。

我此时虽站在罗臼山顶上，但四周浓雾缭绕，什么也看不见，只有鄂霍次克海那边吹过来的阵阵猛烈的风声在耳边呼啸。所以，此刻我只能根据罗臼山岳会的文章放飞一下想象力了：首先，往东看，脚下是国后岛，对面是一望无际的太平洋，远处能看见千岛群岛。再往南看，在知西别川上游的分水岭附近，有一个方圆 5 千米的无名湖（也有人叫它罗臼湖），湖的四周散布着七个大大小小的沼泽。据说，由于大叶竹和爬地松原始林的阻隔，到过那里的人非常少。向西望去，宇登吕港就在眼底下，前方便是茫茫无际的鄂霍次克海。北边就是刚才所说的，从三峰山开始面向硫黄山的延伸的山梁。

作为最边远、又带有北方风貌的山，罗臼山给我留下了极为深刻的印象。近年来，罗臼温泉一带盖了好多漂亮的旅馆，登山的人好像也忽然多起来了。

三、斜里岳

斜里岳[①]是我向往已久的名山之一，以前还只是在照片上见过。第一次亲眼看见它，是昭和三十四年（1959）8 月的下旬。坐上从钏路[②]

①斜里岳：位于北海道知床半岛的火山群之一，是一座休眠火山。在阿伊努语中是“生长着芦苇的湿地”的意思。又被叫作“鄂霍次克富士”“斜里富士”等。

②钏路：即钏路市，是日本北海道钏路支厅南部的一个城市，除了是钏路支厅所在地之外，也是道东地区最大的城市。

7

开往网走[1]的火车，穿过钏路和北见的边境，去往斜里平原途中，车窗右侧，一座大山赫然显现，那就是斜里岳。说来也奇怪，那天从一大早天就阴沉沉的，时不时还下一阵雨。可火车开到最适合看斜里岳的地方时，天空竟然豁然开朗。

真是天公作美。

湛蓝的天空，衬映着斜里岳两侧丰腴的山梁，让我看到了心中向往的大山真容。

但是，上天对我的帮助却只持续了这一会儿。之后的旅程，乘巴士行走在摩周湖西岸时，我心中期待的，不是传说中神秘的湖色，而是那应该雄踞湖对面的大山。可是大雾弥漫，湖和山都隐藏在这一片白茫茫之中。几天后，我又坐上巴士，这一次乘客并不多，从根室标津[2]到斜里町[3]，走的是一条几近原始的老路。这条路从斜里岳的东麓穿过，不由得令人想在那儿一睹它的雄姿。天依旧阴着，仅仅是一瞬间，透过浓雾的缝隙，我瞥到了一眼缓缓延伸的山脊。之后便再无机会了。从北面的斜里町也没有看成斜里岳。我只有茫然地打开比例尺五万分之一的地图，斜里岳就像孔雀的尾巴一样向北展开。我一边看着那些稀疏整齐的等高线，一边想象着它的山

---

①网走：是北海道东北部鄂霍次克海沿岸最大的城镇，它的发展得益于水产业和观光业。

②根室标津：过去曾经设有根室开拓铁路和标津线，根室开拓铁路在当时是日本最东边的铁路，已于 1959 年废线。标津线已于 1989 年废线。

③斜里町：位于北海道鄂霍次克综合振兴局东部，辖区东部位于被列为世界遗产的知床半岛北部，为知床国立公园的一部分。

麓是何等广阔。

从地图上可以看到,斜里岳很大,山根伸得很远。原住民阿伊努人质朴地叫它“奥奈普利”(大山的意思),将它奉为神明也就不难理解了。在阿伊努语中,“onn”是“大”的意思,“nepuri”则是“山”的意思,两者拼起来就是“onnepuri(奥奈普利)”。

北海道的山大抵如此,斜里岳的登山史距今也不远。连当地人以前都没有爬过这座金字塔般神秘的山。昭和二年(1927)5 月从西北山脚的三井农场用滑雪板登山的那次被认为是最早登上此山的事件,当时登山者只到山顶附近就折回了。第二年 3 月,从东北山脚的越川驿站,另一个用滑雪板登山的团队最终登顶成功。就在这一年,首次夏季登斜里岳也成功了。

从那以后,钏网线①清里町站上山的登山路就被开发出来了。山顶上建起祭祀的神社,很多当地人也开始上去了。现在,清里町站前有大大的登山指南告示牌,标着沿途山岩和瀑布的景点名称。

也许日本人一定要在神山顶上安个神社才会安心吧。斜里岳的神社建于昭和十年(1935),祭祀大山津见②大神和天之水分③大神这两尊神明。据说在昭和十六年(1941)日食时,来这里观测宇

---

①钏网线:钏路到网走的铁路。

②大山津见:日本神话中的山神。《古事记》《日本书纪》里也有。别名“和多志大神”“酒解神”。

③天之水分:日本神话中的水神。

宙线的仁科芳雄[1]博士,用白桦木立了个鸟居[2],献给了神社。昭和三十四年(1959),神社按照神明制式重建。尽管叫神社,其实只有一米来高。总而言之,斜里岳是这里的名山是不争的事实。如此一来,我倒希望干脆把它改回“奥奈普利”这个美丽的名字。

为了登斜里岳,我们三人(我、妻子和正读小学六年级的二儿子)从函馆直奔钏路。第二天,我们与钏路市山岳会的佐藤和横滨两位朋友一起乘坐钏网线,同行的还有来自早稻田大学的镝木君——是在钏路认识的。

我们一行六人在清里町下了车。

午后,天气放晴,湛蓝如洗。我们准备去攀登的那秀美的高山就屹立在眼前。顺着百看不厌的斜里岳向左望去,能看见山顶平坦的海别岳。再往左看,就可以远远望见知床半岛的罗臼岳了。

那天,我们住在五合目[3]附近(海拔约600米)的清岳庄,它是森林管理处前两年(1957年)搭建的山地小屋。钏路市山岳会的两位,背着比肩膀还高的大旅行袋,里面除了为我们一家准备的干粮和零食外,还有睡袋和啤酒。

---

①仁科芳雄(1890—1951):毕业于东京帝国大学,从事原子核物理学理论及实验研究,以及宇宙射线的研究,是日本原子物理学的开拓者。

②鸟居:形似牌坊而简朴,日本神社的招牌建筑。代表神域的入口,用来区别于人居住的世俗界。鸟居用来提醒人,你进了鸟居就进了神域,所有行为举止都应谨慎。

③合目:从山脚至山顶的高度分成十段,山脚为一合目,山顶为十合目。从山根到山顶的路,走了十分之二处,叫二合目。以此类推。

第二天,我们就开始走老路往上爬。这条路在车萨克艾通比河[①]上游的河道里绕来绕去,沿途瀑布很多。其中最有魅力的是七重瀑——我们就是贴着瀑布的水边爬上去的。

终于爬到了山顶,等着我们的却只有浓浓的大雾。从山顶往下一点有个简陋的小屋,我们在里面待了一个多小时,想等天气好转,却依然没有如愿。回来的时候,我们选择了山梁上的新路。云雾时而轻烟淡抹,时而浓密如盖,山脊小路上,长满了爬地松和日本杜鹃。这只有在高原才能看到的美景,让我们一行登山客不由得襟怀大慰。

四、阿寒山

30 年前还无人问津的阿寒湖,自昭和九年(1934)成为国立公园以来,一年比一年热闹,如今已是北海道最繁荣的旅游胜地。尤其是夏季,此地的旅馆将变得"一房难求"。

阿寒湖有两个东西非常有名:球藻和石川啄木的歌碑。行色匆匆的游客,鲜少去攀登近在湖边的雄阿寒山与雌阿寒山,却绝对不会错过这两大名物。球藻那玩意儿,即使坐观光船进到湖里,也只能看到船底下朦朦胧胧的影子。即便如此,只要是名物大家就不会错过。

在钏路市小山岗上的公民馆前院,有松浦竹四郎的铜像。不

①艾通比河:意为没有鱼的河流。

高，很不起眼儿。竹四郎身着和服，下穿瘦腿裤裙，手持纸笔，凝望着阿寒山的方向。他身旁跟着一个阿伊努人，手指着相同的方向，似乎正在记录阿伊努人所说的事情。这是一座人物、地理位置都很贴切的好雕像。由此向北望去，阿寒山看得最清楚。雄阿寒、雌阿寒，还有与雌阿寒几乎要重叠在一起的阿寒富士[1]——一个秋末时节晴朗的早晨，我有幸从这里目睹了那绝美的景致，被彻底地征服了。

竹四郎真的来过阿寒湖，看前面的诗碑就明白。那是 3 月 28 日，竹四郎泛舟湖上，沐浴在静怡的夕阳余晖中，沿崖岸而返。水面倒映着高耸的雪峰——那正是他日前所登的阿寒山。毫无疑问，那高耸的雪峰正是雄阿寒山。阿寒山包括雄阿寒和雌阿寒。虽然雌阿寒更高，但雄阿寒看起来更加雄伟。雌阿寒整体比较平缓，并且离湖还有相当的距离。雄阿寒整体呈强劲端正的圆锥形，影子直接倒映在湖面上。当时的原住民把这座看起来更雄伟的圆锥形阿寒命名为雄阿寒是再妥帖不过的感觉了。也正是有了雄阿寒，阿寒湖才显得生机勃勃。

雌阿寒是一座活火山。1959 年的夏天，我去的时候刚好赶上火山开始喷发，登山也被禁止了。两个阿寒中，雌阿寒比较好爬，虽然路长，但坡度平缓，属于那种休闲爬的山。相反，雄阿寒虽然没有雌阿寒高，但是比较险峻，登山者寥寥无几。我原计划两座阿寒都

①阿寒富士：是位于北海道东部的活火山，标高 1476 米。因为拥有圆锥形的优美山容，所以被称作阿寒富士。

要爬,但是因为客观情况,我也只好爬个雄阿寒就作罢了。我从向南延伸的山梁根开始上山,一开始路很陡,但不久就来到了林带,路也渐渐平缓下来。这之后是灌木带。再继续盘旋式地往上走,一种叫“姬矶杜鹃”的杜鹃花铺满了山坡,一簇簇的岩高兰①点缀其间,这便是高山带了。来到山顶,有座很大的房子,好像原来是个观测站。那下面,旧的火山喷火口张着大大的嘴巴。沿着火山口边缘走上去,就到了埋着大地测绘点②的最高点。

山顶上遍地岩石,岩石间,千岛桔梗紫色的小花楚楚可怜。仅有的一点点空地上也长满了野山菊(原名山母子)、爬地松和深山榛木。虽然山顶云遮雾罩,远处什么也看不见,但能独自一人待在这寂静的山顶,我已十分满足了。

这山下数千名成群结队的游客,却没有人愿意登顶一游。

为了等云雾消散,我足足在山顶待了两个小时。无意间凝神静听,下面的灌木丛中传来似乎是树木被踩倒的声响,时不时还能听到“呼呼”粗重的喘息声。

不会是狗熊吧,我后背一凉,所幸最终并没有什么事情发生。雄阿寒山的东边,紧挨着大片原始森林,据说就是因为有熊出没,出于安全考虑还曾一度封过山。

---

①岩高兰:岩高兰科岩高兰属常绿小灌木,茎匍匐或斜生,高可达 100 厘米;分枝较多,枝红褐色,芽卵圆形,黄绿色。

②大地测绘点:指在地球表面按测量规范要求选定的一系列的点,由这些点构成基础坐标的统一测绘系。

13

下山时，我选了一条直达湖畔的新道。一直是陡坡，还很少有人走过，加上雨天路滑，最后，滚成“泥猴”的我终于回到了山下盛装出行的游客群中。我离开湖畔，朝着去雌阿寒的方向，在原野一样开阔而平缓的山脚上慢慢地往上走。雌阿寒山的登山口处立着“禁止登山”的牌子，我往上爬了一点，欣赏了一会儿夕阳下从雌阿寒一直绵延到“真别峰”的山景，便踏上了归途。途中顺道去了一个阿伊努部落——当然了，是那种专门面向游客开发的阿伊努部落。无论是那里的茅草屋还是店铺前雕刻棕熊的人的服装，无疑都是阿伊努风格的，只不过都是一种作秀罢了。

大多前来阿寒游览的游客会选择坐巴士，先从钏路市到阿寒湖畔，然后换巴士横穿幽深的原始森林到弟子屈町——那儿的原始森林太壮观了。途中，会经过一处叫作双湖台的观景台，从那里可以看到森林中的班溪湖和边溪湖——它们是被雄阿寒喷发的熔岩从阿寒湖中切割出来的。此外还有个叫双岳台的观景台，从这里可以回望雄阿寒和雌阿寒。这便是大家坐车来阿寒所能看到的最后一眼景致了。

之后，巴士便会匆匆赶往下一个目的地了。

五、大雪山

大雪山这个名字什么时候有的我并不清楚。它原本叫“努塔库卡姆乌苏培①”。《山岳》杂志创刊的次年(1907 年)刊登了一位自称北海道人的作者提议:北海道的第一高山竟然没有日语名字,不如叫“白绢山”吧。可见那时还没有大雪山这个名字。后来一般人用它,应该是大正②年间的事情了。

要登这些山,通常有三个入口:层云峡、爱山溪和涌驹别。这三处地方遍地是温泉,其中以层云峡最有名,是去北海道观光旅行的必游之地。层云峡遍布豪华的和式旅馆,囊中羞涩的登山客,每每讽刺其为低俗的温泉乡,但它的自然风光确实很美。不经意抬头,黑岳那壮丽威严的岩峰就在眼前。绵延数千米的柱状节理的岩壁,其间几道大瀑布飞流直下,景致蔚为壮观。初入大函、小函等长峡谷的人,看到此景,该会是何等的惊叹啊。

如今,登山路平坦了许多,我们可以边听女导游精彩的讲解,边欣赏沿途美景。但是,正如北海道大学星樱会的会歌所唱的:

石狩川,璎珞带,
我访源头涉远来,
原始森林蔽天日,
融雪化泉珠花开。

①努塔库卡姆乌苏培:原文为“ヌタクカムウシュペ”,是北海道原住民阿伊努人的语言。

②大正时代:日本大正天皇在位的时期(1912—1926),是短暂而相对稳定的时期。该时代的根本特征,是大正民主主义风潮席卷文化的各个领域。大正前期为日本自明治维新以后前所未有的盛世。民族自决浪潮十分兴盛,民主自由的气息浓厚,后来称之为“大正民主”。

15

那时率先进入这些峡谷探险的人，该是多么幸福啊！让人痛心的是，当时的那些原始森林，后来却被伊势湾台风①无情地给毁了。

层云峡有直通黑岳的登山道。但轻装而来的游客大多会乘坐到银台泉的登山巴士在终点下车，然后爬到被称为第一花园和第二花园的花田，这里视野极好。当然，来到这里，也算是到大雪山一日游，很多游客便会原路返回，只有精力依旧旺盛的游客会选择冲顶黑岳。

较之层云峡，大雪山的另外两个入口就显得朴素许多。从涌驹别进山的人都会惊叹于此地茂密的针叶林。高耸于这片针叶林上方的旭岳绝世独立，真不愧为北海道之巅！穿行林中，走过令人心情愉悦的天女原湿地后，是一段陡急的坡道，出了针叶林，姿见池便映入眼帘。美丽的姿见池就在旭岳的脚下，面对旭岳火山口大喷发后怪石林立的岩壁。熔岩冲刷形成的地狱谷到处喷着白烟。来涌驹别泡温泉的游客，大都会到这一带来游玩。

接着往上，沿火山口南侧的山脊直到旭岳山顶一路都是陡坡，再加上火山喷发形成的碎石在脚底下“嘎啦嘎啦”作响，愈发难走，走几步就得停下来喘气。不知不觉中雄壮的景色已展现在眼前。隔着忠别川，对面是绵延的高根原，犹如山上的运动场。俯瞰山下，

---

①伊势湾台风：即 5921 号台风，发生于 1959 年 9 月日本名古屋，史上最致命台风之一。主要是造成了名古屋附近的伊势湾严重的洪水泛滥，巨浪摧毁了防波堤，庄稼、马路、铁道全都毁于一旦，此次台风夺去了 4697 人的性命，401 人下落不明，38921 人受伤，150 万居民无家可归，还导致坏疽和痢疾大范围暴发。这场灾难促成了日本富士山雷达系统的建立，用以预测未来的重大风暴。

是林木葱郁的平野，小小的沼泽星散其间，闪闪发光。其宽广壮丽远非内地山脉可比。

游人不到这里，不会有此体验。

我登上旭岳山顶的那天，正好是个晴朗的秋日，大雪、十胜和石狩等山脉仿佛触手可及，远处的阿寒、知床、天盐、夕张和增毛等北海道的主要山脉也都清晰可见。

来这里通常的路线是从旭岳出发，经过间宫岳和北海岳，去黑岳的石室。但这庞大的大雪山群，路原本是四通八达的。从旭岳下到裾合平，再到沼之平是另一条路，平常鲜有人迹，但我选择走这条路，因为它变幻多姿的景色令我心旷神怡。沼之平，是一片保留至今的原始湿地平原，漫步其中，左右不断涌现各式各样的沼泽，是很美的湖沼景观。

爱山溪也是个山野味很浓的温泉之乡。从这里翻过永山岳和比布岳，就会出现通往大雪山第二高峰北镇岳的路。途中，爱别岳棱角分明的山势令我印象颇为深刻。大雪山的众多山峰，都有着平缓的曲线，人们常说它们就像女性般柔和，只有爱别岳险峻非凡。这种强烈的对比尤其引人注目。

从北镇岳下山，行走在横穿云之平①的路上，如同在高原上散步一般心旷神怡，让人忘却道路的漫长。如此辽阔的高原平地，在大雪山中随处可见，随便拿一个放到内地都足以引以为傲。但在这

①云之平：日本海拔最高的由熔岩形成的高原湿地，位于富山县的黑部川流域。

里，它们却好像被人满不在乎地随手往那里一扔。如此奢侈，如此蛮横，正是此处大雪山的魅力所在。

云之平路的尽头便是黑岳的石室。它以前是大雪山里唯一的山间小屋，现在也是唯一有人守护的地方。人们在原先石屋的基础上又加盖了小木屋。这里是以前爬大雪山的大本营，很有些历史了。石室的门上刻有“前无古人[①]”的字样，也许是很久以前怀抱探险之梦的北海道大学的学生们留下的吧。

石室附近的桂月岳是为了纪念大町桂月[②]登顶而命名的。此外，还有几个用其他与大雪山有缘的人来命名的山，如纪念间宫林藏[③]的间宫岳，纪念松田市太郎[④]的松田岳和纪念小泉秀雄[⑤]的小泉岳等。我从石室下山，过乌帽子岳和赤岳，下到银泉台后，便坐巴士一路出了层云峡。

六、托姆拉乌希山

托姆拉乌希山是北海道第二高峰，仅次于大雪山的旭岳。地理

---

①原文为“Terra incognita”，未发现的地域，未知领域。

②大町桂月（1869—1925）：出身于日本高知县，近代日本的诗人、歌人、随笔家、评论家。

③间宫林藏（1780—1844）：日本探险史上开创性人物，世界地图上第一个以日本人名字命名的地理名词“间宫海峡”的主人公。

④松田市太郎：江户时期幕府石狩办事处工作的杂役。幕府末期和松浦武四郎首次探索了大雪山并发现了温泉。

⑤小泉秀雄（1885—1945）：日本植物学家、登山家。主要研究高山植物、地衣类、苔藓类。

书上把大雪山火山群和十胜火山群的这个中间地带——平岳、忠别岳、化云岳、托姆拉乌希山这一连串的山都统称为"户村牛火山群"。但是,平岳、忠别岳和化云岳只不过是宽阔山脊上的一个个突起,而富有个性的托姆拉乌希山屹立其中,彰显着自己的与众不同。

托姆拉乌希山这个名字也很有魅力。这个名字源于十胜川上游的托姆拉乌希川,原本的念法叫童拉乌希。托姆拉-乌希(Tonra-usi)的"Tonra"阿伊努语的意思是"水垢","usi"是"很多的地方",合在一起就是"富含水垢的河"。因温泉水中富含矿物质而黏黏滑滑的,才取了这个名字。熟悉北海道山名的村上启司①认为,"ton-ra"或许是"Tonra"的原形。"Ton"指的是"肚子里的",而"ra"是"rat"的惯用缩写形式,指的是"黏液,黏汁",还指鱼的内脏——总之是黏黏滑滑的意思。

我在北海道大学登山俱乐部诸君的帮助下,取道从托姆拉乌希川一侧登山。我们先在屈足站坐森林火车,来到位于十胜川上游的二股。然后从这里翻山,到十胜川的支流优托姆拉乌希川,在露天温泉处支起帐篷过了第一夜。优托姆拉乌希的"优"就是"汤、温泉"的意思。

从这里再翻山,就来到了同为十胜川支流的卡姆依桑凯川。

我们沿着卡姆依桑凯川逆流而上,不久就走出原始森林,到达

---

①村上启司:长年供职于森林管理局。关于阿伊努语山名、地名的造诣深厚,曾多次在北海道林务部的部报上发表文章。

了地势宽阔的山梁上。这里大雾弥漫,什么也看不见,唯有脚下盛开的驹草[①]令我们感到了些许慰藉。

上托姆拉乌希山的路到处都是石头。好不容易到了山顶,上面也是层层叠叠的大岩石。我坐在云雾缭绕的巨石上,眼前虽然没有美景,但夙愿得偿,成功登顶,就足以让我无限欣喜。

下山时,我们走相反方向的山梁下山,这条路也很长。我们绕过沼泽,在宽阔的山梁上爬上爬下,好不容易离开了山梁向右,下到雪溪[②]。雪溪下面便是葫芦池。我们在池边支起帐篷过了第二夜。

第二天一大早,我们沿着山梁来到了一处开阔的原野,那里像一个五颜六色高山植物的花毯。积雪融化形成的水池随处可见。这片原野似乎无边无际,壮丽而辽阔。要是在本州,如此壮阔的景象真是无处可寻。

化云岳就是矗立在这个山地高原一角的岩峰。我们爬上这个狭小的峰顶闲聊片刻。这时,天空开始放晴。不一会儿,就变成了完美的晴空。环顾四周,除了山还是山。尤其是托姆拉乌希山那粗犷的傲人姿态,叫我无法移开目光。

说起北海道的山,便绕不开黑熊的话题。据说黑熊最常出没的,莫过于这托姆拉乌希山。果然,一队路过的登山者说:“刚刚在那里看见熊了。”我们连忙赶到忠别川,在山谷里找来找去,遗憾的是最终也未能一睹黑熊的风采。

---

①驹草:夏季开红紫色花的高山植物。汉语又叫“荷包牡丹”。

②雪溪:积雪峡谷。

通往天人峡的下山路，在进入灌木林之前，全是美丽的高原道。从那里，我也不知道自己回过头来看了多少次托姆拉乌希山。

七、十胜岳

在我的印象中，十胜岳首先是一座滑雪的山。战前来这里滑雪，从富良野市①出发，要缩在寒冷的马拉雪橇中咬牙坚持四个小时才能到达。好在近年来北海道旅游异常火爆，爬十胜岳出人意料的方便。从美瑛镇到山脚下的白金温泉有了巴士，从那里到火山口下还有载登山客的专用巴士。下车再爬到山顶也用不了两个小时。

有一条发源于十胜岳的小河穿过这个美瑛镇。关于美瑛有一个传说：当年松浦武四郎初来此地，口渴难耐，要喝河水，当地的土著阿伊努人大喊“美瑛、美瑛②”拦住了他。“美瑛”这名字，就从阿伊努语的谐音而来。这镇子建成于明治二十九年(1896)。一开始叫“美英”，由于“英”会联想到英国，在当时排外思想的影响下，人们便将它改成“瑛”这个稍显复杂的汉字了。

我站在美瑛镇公所的屋顶上，向东南方向眺望秋日里的十胜连峰。只见主峰十胜岳屹立中央，右侧依次是上幌卡美特山、三峰山、富良野岳，左侧分别为美瑛岳、美瑛富士以及奥普塔特希凯山。

视野所及，群山皆美，百看不厌。

---

①富良野市：北海道中部的一个观光城市。

②美瑛：就是“有油”的意思。这“油”就是十胜火山喷出的硫黄。

21

从白金温泉到新喷发口的登山观光巴士，走的就是当年泥石流冲出来的路。线路下方如今已是大片的鱼鳞云杉①林，沿途风光秀丽，完全想象不到过去曾经发生过如此可怕的灾难。而这几年，就在不远的地方又有了一个“新喷发口”，让人禁不住担心十胜岳地底深处可怕的火山运动会再次对周围的居民造成伤害。果然，到了昭和三十七年(1962)，十胜火山再度喷发。骚动波及山下多处，白金温泉的人们也都被迫撤离了。

白金温泉是战后因钻探而开发出来的新温泉。这里条件优越，夏天来这里的是十胜岳的登山客，冬天会有在当年火山熔岩流冲出的斜坡上滑雪的人们，生意很是兴隆。从登山巴士终点到火山喷发口之间的泥石流道上游客们络绎不绝，其中不乏扶老携幼前来旅游的人，甚至还有背着婴儿的。从众人欣喜的模样就可以感到，十胜岳已然是一个地地道道的大众行乐场所了。

虽说这泥石流冲出来的乱石滚滚的登山道爬起来有点儿吃力，但是，当你站在火山口时，眼前那风景真是太迷人了。我去的那时候，恰逢雨过天晴，一股股烟雾从火山口内壁一个个小烟囱冒出来，升腾不已。火山口底部，还有人戴着防毒面具在采硫黄。

从这个新喷发口顺着右首的山梁往上爬，就会上到前十胜岳②的顶部。然后是一片宽宽的山梁，一直延伸到十胜岳的远方。说是

---

①鱼鳞云杉：鱼鳞松，松科常绿针叶乔木。多见于日本北海道、中国东北大兴安岭、小兴安岭、长白山等寒冷地区。

②前十胜岳：位于十胜岳南部的山峰，海拔 1790 米。

山梁，就像高原一样平缓宽阔。快到山顶时，有一段陡坡，爬上陡坡，就到了巨石耸立的山顶。这就是继大雪山旭岳、托姆拉乌希山之后的北海道第三高峰。

景色壮阔，自不待言。

不满足游山玩水般登山的人，是不会就这样原路返回的。他们会向南，走主山梁，顺着窄窄的马背梁，爬到上幌卡美特山，甚至还可以一路行进到富良野岳。或许他们想反向往北，经过锯岳，一直去美瑛岳方向。不论怎么走，都会让他们深深地体会到，十胜山是一座活火山——喷发口破碎的岩壁残骸寸草不生、铺满黑色沙砾、踩上去咯吱作响的斜坡……

灾难过后留下这些可怕的痕迹，至今仍历历在目。

八、幌尻岳

幌尻岳①是日高山脉的主峰，是十胜和日高的分界线。那么，如果要从这绵延的日高山脉中选一座具有代表性的山的话，选哪一座呢？这个疑问，在只从地图上见过日高的我的心中盘桓已久。后来，当地熟悉这座山的人异口同声地向我推荐了幌尻岳。据说，这并不仅仅因为幌尻岳是日高山脉唯一一座海拔超过 2000 米的高峰，而且因为它的体量、气势都足以代表日高山脉。

---

①幌尻岳：在阿伊努语中，“幌”为“大”，“尻”为“山”，是“大山”之意。

23

日高的游客年年增加，是因为这里在修发电站。我们没有资格去指责他们破坏了原始自然环境——沾他们的光，我们才能在短短半天之内到达这里。这要是在几年前，恐怕得耗费两三天的时间。更何况我们当晚还在工程部受到了热情的招待。

第二天一早，我们便穿着防水的胶底袜蹬上草鞋离开了住处。一上路，就啪嗒啪嗒地踩水过河。河道就是路，所以，我们一直就踩着水往前走。刚开始我还小心翼翼的，怕弄湿衣服，不知不觉膝盖湿了，大腿湿了，最后突然一凉，下身都被水浸湿了。事已至此，我也就死了心，不在乎了。

在新冠川上游的河岔口处用了午餐。这儿往前就没有河滩了，而是连续不断的急流、瀑布、岩壁。我们或者翻过巨石，或者贴着河边的岩壁往前走。再不行，就只能走在水里了。

总算到了新冠川的源头附近。这里已看不见水流，我们磕磕绊绊地踩着岩石往上爬，终于来到一片开阔的平地。这里便是幌尻岳冰斗①的底部，散布着七块沼泽地，被称为"七沼"。等我们在其中一个沼池的边上搭好帐篷，已是傍晚擦黑时分了。

我曾把大家的文章汇编了一部叫《高原》的文集，其中有一篇是佐佐保雄先生写的《日高的冰斗》。读过它之后，幌尻岳的冰斗便引起了我无限的遐想。然而，当一直以来向往不已的景象真真切切地展现在我的眼前时，已经是第二天早上了。

---

①冰斗：由冰蚀作用造成的三面环山、后壁陡峻的半圆形洼地。

24

那是个天气晴朗、万里无云的清晨。从沼泽这儿看不见幌尻岳的山顶，但从山肩一直延伸到北边户茑别岳的山脊线，形成了冰斗的外沿，陡峭的冰斗岩壁包围着底部的“七沼”平地，简直就是个圆形剧场，敞亮又祥和，别是一番天地。据说在佐佐先生那会儿，游客很少，这里是黑熊戏耍的场所。遥想当年，黑熊母子一定过得很惬意吧。

我们开始攀登陡峭的冰斗岩壁时，大雾吞没了一切，只有身旁盛开的山金车花把四周幻化成一片黄色。我们爬上山梁，跨过山肩，在一片迷雾中登上了幌尻岳的山顶。

山顶也是白雾茫茫什么都看不见。尽管如此，我已心满意足。此时此刻，我正站在日高山脉的最高峰。山顶上有一堆标石，我将它刨开，露出了一张收在空罐子里的名片——登顶的人还专门留一张名片纪念，足见登顶的人是多么少。我捡起了一块小石头①作为纪念，随后便依依不舍地下山了。

下山时，我们又从冰斗岩壁上沿朝着户茑别岳走。途中，浓雾消散了些许，冰斗底部的景象跃入眼帘。那里散布着七片沼泽，有些已经干涸了。谷底的美景在这面纱般神秘的雾气中若隐若现。

爬上户茑别岳的山顶，我们躺在草地上，悠闲地过了一个小时。尽管我们一直期待能够看到朗朗晴空下幌尻岳的美景，但只有一瞬间瞥见了它裸露出的部分山岩，之后它的“身影”马上又被重重雾

①同行的北海道大学地质学老师桥本诚二告诉我这是一块由蛇纹岩化成的辉长岩。

气遮掩了起来。然而,仅仅这一小部分,就让我们感受到了幌尻岳的磅礴之气。

在日高山的这五天,虽然天公不作美,但是,能够结识这么多好伙伴,一路谈笑风生,对我来说真是一次身心愉悦的登山之旅。

九、后方羊蹄山

坐火车从函馆①去札幌途中,有两座山特别引人注目。先是驹岳山,然后是后方羊蹄山。驹岳山飒爽挺拔,让人心旷神怡。后方羊蹄山则雄浑厚重,给人以压迫感。而且无论从何处远眺,山形都浑然一体,不愧自古有“虾夷富士”的美称。

我非常反对把这山略称为“羊蹄山”。“后方羊蹄山”古已有之,最早出现在《日本书纪》中的齐明朝五年(659)。在此前一年,阿倍比罗夫将军②征讨虾夷,在此地设立衙门,让人把“后方羊蹄”的“后方”念作“siribe”,把“羊蹄”读作“si”。

把“羊蹄”读作“si”,《万叶集》③中也有。为什么给“si”要配这

①函馆:北海道岛西南部的滨海城市,面积347.8平方千米,人口31.8万。函馆市区由函馆山向下延伸,形似扇子。

②阿倍比罗夫,也作安倍比罗夫、阿部比罗夫、阿倍引田臣、阿倍比逻夫。日本古代著名将领。

③《万叶集》:日本最早的诗歌总集,地位相当于中国的《诗经》。

样两个奇特的汉字[1]呢？看了植物分类学家牧野富太郎的随笔后我才明白。“羊蹄”是“gisigisi”草的汉语名字，在日本，古时候把“gisigisi”草叫“si”。所以，汉字写“羊蹄”，读“si”。

“gisigisi”草[2]我们从小就玩，是一种很熟悉的野草。也许是叶子形同羊蹄，才有这样一个汉名吧。所以，如果略作“羊蹄山”，那不成了“si 山”了？山名自然应该尊重古已有之的名字，不能随便乱改。在当地的阿伊努语中，这山叫“玛卡利·努普利”。“努普利”指的是山，那“玛卡利”呢？翻开英国传教士约翰·巴切拉 1889 年出的阿伊努语字典，我边看边想象，“玛库”是后面的意思，“卡利”是指从旁边经过的意思，这两个词一凑，就是“玛卡利”。后来请教村上启司先生，才知道了正确的解释——“玛库”指后面，“卡利”是围绕的意思，而“玛卡利”原本是河的名字，就是现在的真狩川[3]。再加上“努普利”，就成了山的名字。

现在想来，后方羊蹄山的北面是尻别川，南面是真狩川，两条河环山而过。所以，南面的河才有了“山背后的河——玛卡利”这个名字。而“后方羊蹄”这个名字，想必是取自北面的“山之河”尻别川吧。

我们不能忘了江户末期伟大的虾夷探险家松浦武四郎。他写

---

①这里指日文汉字，是书写日文时所使用的汉字。日文汉字的写法基本上与中文使用的汉字大同小异。有一部分日文独创的汉字，则称为“日制汉字”。本书各篇所指“汉字”均指“日文汉字”。

②“gisigisi”草：一年生或多年生草本，高 10—40 厘米。

③真狩川：真狩的日语读音就是玛卡利。

的大量有关虾夷地域风情的书中,就有《后方羊蹄日志》这样的著作。虽然这是本仅有二十余页的木雕版线装书,当中却有松浦武四郎初次登顶此山的经过。

书中说,当地人把后方羊蹄山分为雄山和雌山。雄山就是今天的尻别山[①],雌山则是当今有“虾夷富士”美誉的后方羊蹄山。松浦武四郎立志要在山下立个小神龛,但是一直没有机会。直到安政五年(1858)的2月2日,终于来到了雄山下,立了个神龛后,才开始爬后方羊蹄山。2月3日来到“二合目”住了一宿,冷得彻夜未眠。4日清晨出发,在四合目看到了日出。在六合目走出了丛林。从八合目开始,路越来越陡,最后,终于在当天下午爬上了山顶。

我登后方羊蹄山是9月2日。一大早,从比罗夫车站出发——这站名应该是取自阿倍比罗夫吧。这是个极简陋的火车站,站前只有一家小杂货店。走到山脚下的半月湖,从这里就开始登山了。让人惊讶的是,这里没有溪流没有水,我们只能沿着单调的山路一味前行,就像在爬富士山一样。即便如此,一路视野辽阔,让人心情不错。再往上,就是笼罩在雾气中的陡坡,什么也看不见,说是爬山,不如说是练体操。

山顶上有一间结实的小屋,竟然还住着守山人。四周依旧云雾缭绕,我沿着火山口走了一圈之后,便下山了。

到了山脚时,已是暮色沉沉,只剩下没有灯火、一片黑暗的原野。

---

①尻别山:位于后方羊蹄山的东南,海拔1107米。

十、岩木山

石坂洋次郎先生早期的短篇小说中有一篇叫《山》，是一篇地方特色浓郁、野性十足的佳作。作品里面的山就是岩木山。在我的印象中，作品写的是一年一度的拜山风俗和少年懵懂的恋情。

石坂先生是弘前①人，他从那里天天看着岩木山、浸润于当地的风俗习惯之中长大。他后来的很多作品中，也常有岩木山及其周边的描写。从弘前看到的岩木山，不愧叫“津轻富士”，很是雄伟壮观。平原之上傲然耸立着一座山，气宇轩昂，仿佛一个巨大的古猿尽情地舒展着身躯，让人不相信它海拔只有1600米。

看着岩木山长大的另一位大作家是太宰治②，出生在岩木山北面的金木町。他曾写道：

从弘前望去，岩木山巍峨雄浑，不由得让人觉得，岩木山只属于我们弘前。但是，换一个方向，不管是从津轻平原上的金木还是五所川原，或者是从木造附近望去，岩木山端正纤丽的身影也让人难以忘怀。

我第一次登上岩木山是35年前的夏天。先从弘前坐巴士到了

---

①弘前：位于日本青森县的西部，现在是津轻地方的中心都市。过去曾是弘前藩的城下町，因此当时发展已较其他地方发达。

②太宰治：本名津岛修治，日本小说家，日本战后无赖派文学代表作家。

百泽。百泽是拜山的正面入口,被誉为奥州[1]日光的岩木山神社便坐落于此。这个神社是旧津轻藩的藩主们世代尊崇的神社。从百泽搭上一辆卡车,在岩木山山腰绕来绕去,一路向上就到了岳汤。现今不知怎么样了,只记得当初是个没有通电很简朴的山中温泉。那温泉水又多又热。那些来温泉疗养的客人们,用一种叫"搔木"的勺子,不停地把温泉水往脑袋上浇,很是少见。

第二天虽然时阴时雨,但既然都来了,那就没有半路打道回府、空留遗憾的道理,所以我就孤身一人出发了。岳汤的背后,就是一条登山路。登到山肩,有一个巨大的岩石爆裂口,被当地人称为鸟海。再往前,就和正面的登山道合二为一了。从这里一直到山顶,路面满是嘎啦嘎啦的碎石。雨下大了,目光所及之处,天地一片朦胧。

下山时,我取道百泽。下山的路,咯噔咯噔把膝盖蹾得生疼,好不容易来到了一个宽阔的台地上。再下来就是平缓的高原,这里就像是走在草地上一般,很是轻松。我想,这要是踩上个滑雪板一路滑下去,一定很不错。

顺着这一条道,我就下到了岩木山神社的背后。

十一、八甲田山

八甲田山[2]并不是一座孤峰,而是如《东游记》作者所说的"参

---

①奥州:古称"陆奥国",日本旧国名。

②八甲田山:青森县中部连绵的休眠火山群的总称。

差状若手指”般耸立的群峰。从青森县[1]一带远眺八甲田山，能将那些山峰的名字一一道来的人没几个。

“八甲田”这个名字贴切地表现出了这山的特征——之所以叫八甲田山，是因为有前岳、田茂萢岳、赤仓岳、井户岳、大岳、小岳、石仓岳、高田大岳八座山峰以及星散于山间的湿地，也就是“田”将其包围而得名。但山峰还不止这些。还有夹着广袤高原的南八甲田的群山：横岳、栉峰、驹峰、乘鞍岳、赤仓岳等等。这些山每座都在海拔 1500 米上下，虽说不算多高，但若是将这些挤在一起如头状花序般的群山视为一体的话，就值得叫名山了。

八甲田山优美的风景广为人知，是在它与十和田湖[2]一起被确立为国立公园的事情了。30 多年前我去的时候，广阔的高原上只有一些羊肠小道，几乎没有碰到什么人。成为国立公园之后，这里便修了路。春、夏、秋三季，满载游客的巴士络绎不绝，连接八甲田、奥入濑、十和田的这条路，成了时髦的观光路线。

但如果仅仅坐巴士走马观花的话，是无法领略到八甲田山的美妙之处的。比起爬山，它更适合逍遥漫步。高山植物缤纷盛开的辽阔的大斜坡，如镜子般镶嵌在高原上的池塘，还有那奇形怪状的青森冷杉林……

---

①青森县：位于日本本州岛最北端，属于日本地域中的东北地方，与纽约、罗马、北京等世界主要城市处在同一纬度，北隔津轻海峡与北海道遥相对望，被内湾环抱，三面临海，分别被太平洋、日本海、津轻海峡包围。

②十和田湖：是横跨日本青森县十和田市、秋田县鹿角郡小坂町的一个湖泊，位于十和田八幡平国立公园内。是由十和田火山喷发而形成的二重火山湖。

徒步徜徉其中，才能真正体会到它的价值所在。

爬完大岳，我劝大家返程最好反方向从井户岳下到毛无岱湿地，这般美丽的高原太少见了——如同铺着豪华绒毯一般的高原上，星罗棋布着许多娇小动人的沼泽，一旁的爬地松伸着它优美的枝条，周边低矮的冷杉林更添风情。这湿地无论是位置，还是美丽的效果，都是令人赞不绝口的。

八甲田群山大都是秀丽的圆锥形，其中最规整的要数第二高峰高田大岳了。这座山怀抱睡莲沼，有着极具代表性的八甲田山风光。可惜的是，近年来由于开通了观光巴士，其朴素的自然风光不断遭到破坏，实在令人惋惜。

八甲田山最具特色的风景莫过于那广阔的高原以及覆盖于表面的冷杉林了。这些针叶林由于长期暴露在冬季凛冽的寒风中，永远长不高，如同毛发凌乱的侏儒一般，这也造就了一种独特的北方风景。八甲田山近年来作为滑雪者的天堂而进入人们的视野。令所有滑雪者赞叹不已的雾凇，就是银装素裹的青森冷杉林。

今后的八甲田山作为滑雪场一定会越来越繁荣的。

十二、八幡平

八幡平①开始为世人所知，应该是在它被划入“十和田 · 八幡

①八幡平：是一处横跨岩手和秋田两县的高原形态的火山高岗地。

平国立公园”之后的事了。但是，在同一个国立公园，与十和田湖相比，八幡平的游客一直都很少。看来，它还不是很有名气。

我第一次知道“八幡平”是在沼井铁太郎[1]著的一篇名为《羽后国玉川溪谷的深山》的文章里。它刊载在《山岳》杂志（第22卷1号）上。是沼井铁太郎在大正九年（1920）8月从玉川溪谷进入八幡平去往烧山后写的一篇游记。这可能是关于八幡平最早的游记了。其实，《日本山岳志》和《秋田沿革史》里就简单提到过八幡平，我想，人们一定很早就知道八幡平这个名字。但是没有文章记载八幡平是个怎样的地方——异常热心于文献检索的沼井氏说了“没有这样的文章”，那一定是没有。然而到了昭和年代，就不时听人说起八幡平。于是它渐渐闻名于世，最终被编入了国立公园。

八幡平的最高点海拔1614米，是有大地测绘点的地方。它不像一般的山，还不足以被称为峰。人们把茶臼岳、安比、畚岳和杣角等山与山之间延伸的高原状山地叫“八幡平”。以最高的大地测绘点为中心，东到源太森，南到见返垭口，可以说几乎都是平坦的高原。

八幡平开始变得有名气，或许是从神奇的“蒸之汤”开始的。来这里不能泡温泉，而是用蒸汽蒸。浴室就像山间小屋[2]一样，中间有条通道，两旁的土地上铺块草席，穿着和服浴衣躺下，用下面冒出的热气来蒸。“蒸之汤”温泉的附近有个“后生挂温泉”，这里也

①沼井铁太郎（1898—1959）：日本秋田县人，东京帝国大学农艺化学科毕业。

②山间小屋：山上供游客歇息、留宿的地方。

是蒸浴。更特别的是,溪谷中有名为“奥纳麦・茂桃麦”(正妻和小妾的意思)的大喷泉,它附近还有好几个泥火山①活动着。

八幡平最好的体验还是高原漫步。它不是一片平坦无奇的原野,而是缓缓的、波状起伏的高原。你穿过一片令人心旷神怡的湿地,也许就是美丽的原始森林。越过一座丘陵,也许就会出人意料地出现一片沼泽。那种变幻无穷的景致太有趣了。当然,这种地形非常适合滑雪。最近一段时间,冬天去那里的人好像多起来了。

我第一次去八幡平也是滑雪——那是很久以前的事了。那时根本没有像现在这样的设施。寒冬 1 月,我从花轮线的小豆泽站(现在的八幡平站)出发,坐马拉雪橇先到了坂比坪。从那儿开始,我在滑雪板下面绑上海豹皮,然后往上爬。爬到“蒸之汤”整整花了五小时吧。那天特别冷。晚上睡觉的时候,呼出的气把被头都冻住了。回来的时候,我取道松尾矿山方向。不幸途中遭遇了暴风雪,茫茫雪原上不知道东西南北,差点儿把命交待在那儿。现在好了,到处建了山间小屋,还安装了索道,非常方便。

这里今后一定是个滑雪的乐园。

十三、岩 手山

岩手山自古以来就有“南部富士”之称,虽然也名副其实,是一

---

①泥火山:由泥浆与气体同时喷出地面后堆积而成。其外形多为锥状小丘或者是盆穴状,丘的尖端部常有凹陷,并由此间断地喷出泥浆与气体。

座风景秀丽的独立山峰，却并不像富士山那样简单的对称。其打破了常规的山形，也让它多了一份雄伟傲岸，强悍有力。之所以一直被称作“南部半富士”，也是因为从南北两侧望去，它一半轮廓看起来就像富士山那样平缓流畅，但另一半却并非如此。其实，从东部一侧看到的最为端正，但是从这里登上山顶的时候就会发现，岩手山并不像从山下看到的那么简单。我们从东面山脚看到的虽然是岩手山的主体部分，但是再往前，却连接着地形复杂的西岩手地区。此处地形之所以如此复杂，是因为岩手山曾历经数次火山喷发，最初的喷发便是西岩手火山。现存的火山口岩壁，北侧有屏风梁，南侧有鬼城梁。中间的凹地是个东西长 3 千米、南北宽 2 千米的椭圆形火山口。御釜、御苗代这两个火山口湖便位于此处。后来，山的东部发生喷发，形成了如今的最高峰，便是从东部的山麓望去看到的秀美的南部富士。山顶上的火山口叫“钵”，里面还有一个隆起的火口丘，形成了双层火山的奇观。

著名诗人宫泽贤治①就在岩手出生。他在题为《岩手山》的诗作中这样描绘自然的暴戾：

天空散乱的反射中，堆积着陈旧晕黑；
微尘拥堵的深底里，沉淀着肮脏苍白。

因此，爬岩手山，选择的路线不同，就不会像一般富士山式的山那样枯燥无味。我是从南边的网张温泉出发的。简陋的建筑已经

---

①宫泽贤治（1896—1933）：日本昭和时代早期的诗人、童话作家、农业指导家、教育家、作词家，也是名虔诚的佛教徒与社会活动家。

荒废了，泉水因为含明矾是灰色的，但是由于位于高山腹地，视野却极其开阔。从温泉后面向上，爬到山脊上，一路翻过犬仓山、姥仓山，就进到了西岩手的旧火山口。有路直穿而过。说是火山口，却早已是林木繁茂，林间空地上是一片舒适宜人的湿地。在这片名为八目（即谷地眼）的湿地上，小小的池塘像眼睛一样点缀其间。

我去的时候已经是 11 月初，早已没什么登山的游客。不过，夏季的时候，这里的湿地植被繁茂，是美好的自然遗产。穿过湿地后，往东岩手方向爬，就来到穹顶式的顶峰下面。这里和从东部山脚正面登山的路线汇为一处，叫“不动坪”。从正面爬的话，到这里刚好爬了九成的路，上面还有山间小屋。从这里，踩着沙沙作响的沙砾往上爬，就能到东岩手外围的环形山（这个环形山就是我们从山脚下往上看到的岩手山），呈钵状将火山口围起来，而且，火山口上还隆起了一个火口丘——妙高岳。岩手山的最高点，就是位于环形山上的药师山。我登山的时候刚好瑞雪初降，山头银装素裹，清净无瑕。

绕环形山转一圈后，下到御釜里，参拜了妙高山的神社，我便原路下山。走到姥仓山，和上山时的路线分道，下到松川温泉。这个温泉之前因为交通不便，只有一间歇脚处。现在通了巴士，也慢慢发展起来了。我去的时候正在钻井，有两眼试掘的温泉井朝着空中喷出白烟。

从松川温泉乘车返回的途中，可以看到岩手山西侧的风景。与从盛冈望去端庄秀丽的感觉全然不同，西侧看到的岩手山巍峨险峻。借岩手山的登山老手村井正卫氏的话来说,“黑仓山北侧的大峭壁与屏风岳的岩脊,紧紧咬住秀丽玲珑的东岩手山,将这里复杂的火山地形展现得淋漓尽致”。

有一年夏季,我去诗人石川啄木的故乡涉民村,站在北上川河畔的诗碑旁,一边仰望岩手山一边读诗:

曾经北上青柳岸,柔姿入目涕涟涟。

这山巍峨雄壮,大有男子汉气概。回首刚好可以看到对面秀丽婀娜的姬神山。一雄一雌,两两相对,不禁让我看得出神。

十四、早池峰

我第一次清楚看到早池峰的全貌,是在姬神山的山顶。在北上高地[①]的山峦中,早池峰更高一头。它不是挺拔独立的山峰,而是有着绵长山脊的雄厚山体。《远野物语》[②]中说:“这四周最秀丽的山叫早池峰。位于北方‘附马牛’之地的深处。”也许,最早的亲切地看着这山的就是远野的人吧。附马牛村有个早池峰神社,站在那儿,前可望药师山,后可见早池峰,是猿石川沿岸有名的风景秀美之地。

---

①北上高地:位于日本青森县、岩手县和宫城县的一片山地,又称北上山地。

②《远野物语》:出版于1910年,是流传于日本岩手县远野乡的民间故事传说集。由远野人佐佐木喜善讲述,日本民俗学创立者柳田国男亲笔记录。被称为日本民俗学的开山之作。

37

我站在早池峰云雾缭绕的山顶上时，那里有一座破旧的神社，倒在神社前的石灯笼上刻着“奉纳御宝前”字样，背面依稀可见“安永九年[①]六月吉日”几个字，这会不会是远野的人们捐的呢？

《远野物语》是我喜欢读的一本书。是柳田国男先生根据远野人佐佐木镜石[②]讲的古老传说汇编而成。柳田先生是这样写的：

从花卷（市）一路走来百八十里的路上，有三个镇子。此外唯有青山荒野。人烟之稀少，较之北海道石狩平原更甚。

那是明治末年的事了。现如今虽然比那时开放了，这个地方仍然是穷乡僻壤。

一个秋天的夜晚，我站在盛冈东郊的一座小丘上，前面，五光十色的霓虹灯勾勒出城市的繁华，然而转身回头，背后一片漆黑，不见一星灯火。黑暗后面那片辽阔的土地，就是叫作北上高地的人烟稀少的地域。那片高地上的最高峰就是早池峰。

现在人把这里叫“早池峰山”，“山”字实在多余。现在，一般的登山线路有两条。一是从花卷出发沿着岳川逆流而上，到最里面一个叫“岳部落”的村子后开始登山。另一条是从早池峰北侧山田线（盛冈—釜石）的一寒站平津户出发，沿着御山川也可以登上早池峰。我们可以把前一条路看作是山的正门吧。因为岳部落也有早

---

①安永九年：安永为日本后桃园天皇的年号，安永元年为公元1772年，安永九年为公元1780年。

②佐佐木镜石（1886—1933）：本名佐佐木善喜，日本民俗学家、作家，1905年开始以佐佐木镜石为笔名开始发表小说。

池峰神社,那里是登山的入口。

我选择了从正门爬山。岳部落是一个有着 20 户左右人家的村落,你只要开口,随便哪家都可留宿。这里有从古流传至今的狮子舞,很有历史,现已被指定为非物质文化遗产——我投宿的这户人家正房的中堂里就并列摆放着三个大狮子头。

岳部落的早池峰神社并不气派,但它的参道①两旁杉林浓密,环境清幽。相传在大同二年(807),有两个猎人为追赶一头神鹿而登上早池峰山顶,只见金光四射,菩萨化身显灵。二人连忙叩拜。下山后建了一座神社,将神灵推崇为姬大神加以祭拜——就是现在的神社。这里还卖一种小小的挂轴式的神符,上面印的神像一眼就能看出是女神。

从岳部落沿河向上大约 6 千米是河原坊,登山的路从这儿开始。从前有一个叫快贤的僧人来早池峰参拜,在这儿建了一座寺,就叫河原坊。后来洪水冲垮了寺庙,只留下了名字。以前的登山人,把流经寺庙旁的溪流叫"垢离场",爬山前在这里净身。北上高地的诗人宫泽贤治有一首歌颂这里的诗,其中写道:

此处名曰河原坊,曾有一僧来栖居。
不知宗派所为何,抑或真言或天台。
追忆昔时山谷近,悬崖险峭如今貌。
山鸟不厌鸣其声,此刻应是登峰时。

---

①参道:参拜神社或寺庙的道路。

从这儿开始是距离不长，但却一路急陡的坡。走到“垢离头”——就是溪流的尽头，便离开小溪往山梁上爬。这里已是草本植物带，8 月底的开剩下的高山植物，点缀在爬地松之间。

再往上就是岩石地带。周围都是散乱的巨石。有一些形状奇特的岩石，有叫吴座走石的，有叫打石的。这里处处能看到早池峰薄雪草，它比普通的薄雪火绒草[①]要大。在日本，是与欧洲的阿尔卑斯山的火绒草最相近的了，是早池峰的特产。

当巨石像城堡一样压在头顶的时候，就快到山顶了。从巨石间爬过，就来到了山顶。这里有茫茫的白雾吹过，一瞬间露出的晴朗，让我看到山下令人心旷神怡的原野。很快四周又被云雾笼罩，再怎么等也不见放晴。

我放弃原定从另一侧平津户下山的计划，原路返回了岳部落。到了岳部落的时候，天却晴了。

远处水面上，早池峰露出了秀丽的身姿。

十五、鸟海山

我第一次爬鸟海山，是从海边一个叫作吹浦的渔村出发的。欣赏过《东游记》中“吹浦的沙滩”那无边无际的海滨沙滩之后，我开

---

①薄雪火绒草：又称雪绒花，是菊科火绒草属的植物。分布于中国的安徽、河南、山西、陕西、甘肃、湖北等地，以及日本等国家和地区，通常生长于海拔 1000 米至 2000 米的地区，多生在山地灌丛、草坡以及林下。

始爬山。现在直到山腰都通着巴士,可那时还没有那么宽的路,我只能从海拔0米的地方起步。我是4月中旬用滑雪板上的山。下山时,踩着滑雪板穿过落叶松林,那树梢上方微微泛红的嫩芽上方,青黑色的日本海一望无际。

自古以来,日本名山大多与信仰有关,鸟海山也在山顶祭祀着大物忌神。虽然修建年月不甚明了,但是从用明天皇①盛世就授正一品②,御赐匾额给大物忌神来看,早在一千三四百年前,鸟海山就已被尊为名山了。过去山里面有许多身着白衣的修行者,十分热闹。

只要你亲眼看见这座山,你就会明白它自古以来为何会被当作信仰对象。山顶是雄壮的黑铁岩峰,平缓的山麓由此向原野延伸。秀丽而不失威严的山容,令那些相信有山神的古代人由衷产生顶礼膜拜之情。此外,鸟海山更是一座火山。它时常喷发,准是被人们当作神意的启示而敬畏着。每当火山爆发,朝廷都会升格大物忌神的品级。这有史书记载。所以,鸟海山实际上是此地的守护神。

鸟海山为山脚下的居民所敬畏还有更现实的原因。庄内平原和秋田平原作为有名的大米产地,都靠鸟海山流下的水滋润。据说,即便到了现在,庄内和秋田两地还在为抢水而争夺山上的领地。

---

①用明天皇:日本第三十一代天皇。

②正一品:为日本品秩与神阶制度中最高者。迄今为止日本历史上只有六人在生前获得此品秩。神阶的状况比较特别,鉴于神明的寿命无限,历史悠久的神社可以得到正一品的神阶。

41

鸟海山，虽然缺乏深山幽谷那种庞然大物的感觉，但它不愧是经年的老火山，复杂的地形令我兴致盎然。所到之处，风景美不胜收。山顶火山口是悬崖峭壁，旧火山口的湖水保持着太古的沉寂，广袤的高原草甸俯视着眼前的日本海，如此规模的山，竟能有这般丰富的变化，也是相当少见。高山植物中，鸟海衾、鸟海蓟，还有其他等等以鸟海山冠名的种类很多，可见鸟海山植物的丰富多彩。

我登上鸟海山顶——这是一个碧空如洗的秋日。

一大早，从驹止的山间小屋出发时，满天都是星星。前方黑色山脊线的上方，斜挂着硕大的勺状北斗七星。黑暗一层层褪去，等我来到大平小屋的时候，天已大亮。我爬上茑石坂的陡坡，朝阳这才斜射而来。俯视山腰的红叶，美得无以言表。下方的世界笼罩在白色的云海之中。云海尽头，清晰地浮现出山体优美的身姿。

我走过宽大的高原式观景台来到御浜，这里有夏天修行者专用的宿舍。从这里向下望去，可以俯瞰旧火山口的鸟海湖那神秘寂静的风景。再往上爬，岩手、朝日、饭丰、藏王等东北名山如同岛屿一般，一个个钻出云海。正上方，鸟海山顶的岩峰“大马金刀”地坐在那里。天空完全放晴，空气澄澈，连风都静了下来，秋日鸟海山的风光让我撞了个满怀。沿着山顶的外轮山我来到七高山，进而下到了火山口。如同层层岩石堆叠一般的最高峰新山就屹立于此。参拜过神社之后，我便踏上了归途。

十六、月山

云峰崩，月山成。

——松尾芭蕉[1]。

我在鹤冈站下车的时候，眼前所见的月山之上真的是层云叠嶂。8 月过半，山如浓黛，山脊如同牛背一般平缓地伸向远方。不管是什么山，到了山顶都要有山尖，可是月山没有。它那平缓的线条，如同用手抚平了一样。

6 月底的一天。我从山形市北部极目远眺，只有月山还覆盖着白雪，这一下子就吸引住了我。也许是这雪的缘故，让它展现出威严强势的线条。

山田花袋[2]所作的《山水小记》中，记载了他由北向南周游全国时的经历。我非常喜欢那充满旅者情怀的文章，那里面第一个写的便是月山。

那是一个黄昏，他翻过山梁下山。他看见，在开阔原野的尽头，是连绵的群山，群山之上，只见“一座有如半轮明月一般的大山悬挂在天空”。在得知那就是月山之后，他几乎忘记了一天的疲惫，看着那暮色尽染的远山入了神。

然而，月山这个名字并不来是源于它那半轮明月一般的山形，

①松尾芭蕉（1644—1694）：日本江户前期俳句诗人。
②山田花袋（1872—1930）：日本小说家。

而是因为那些仰慕这山的人们在这座山中祭祀着他们崇拜的农神——月读尊[1]。不过我猜，在他们心中，一定还是觉得，无论如何，这都是座"月亮一般柔美的山"。

月山是日本数得上的很有来历的山。早在贞观六年（864）就曾给月山之神授位，这在国史中有记载。可知很早以前，人们就很崇拜俯视庄内平原的鸟海山和月山了。

中古[2]时期，修验道[3]兴起，人们认为黑羽、月山、汤殿这三座山是佛尊的三个化身。于是，羽黑山修行者名声大噪，时至今日，这里还保留着修行的传统和仪式。那么，当时的修验道究竟有多么盛行呢？只要看看羽黑山上那两侧高大杉木林立的长长的石板坡和宏伟的出羽神社大殿便能得知。现在登山的人们，依旧会按照古时候的路线，从羽黑山爬到月山，参拜里院的汤殿。

松尾芭蕉在巡游"奥之细道"途中，也曾拜过这三山。他当时就住在羽黑山南侧山谷的别院里，于六月六日登上了月山。作为古时的文人，留下攀登海拔近 2000 米大山的行记，是很稀罕的。他写道：

木棉裹身，宝冠包头，挑夫引路，于云雾山气之中，踏雪八里，仿佛直入日月运行之天门，气绝身冻。挨至山顶，日没月升。铺笹枕

---

①月读尊：别称月夜见、月余美、月弓尊、月读壮士、月神以及月人。他是日本神话和神道的一位神祇，是月的神格化，"三贵子（月读、天照大神、素盏鸣尊）"之一，伊邪那岐之子，掌管黑夜的神明。

②中古：在日本历史上指平安时代。

③修验道：在深山中修行，以体验、领会咒力为目的的日本宗教。

筱，卧待天明。

从羽黑山——虽然叫山，实际上只是一个海拔 400 米左右的丘陵——爬上月山，对芭蕉来说一定很艰难。他在山顶小屋待了一晚，第二天早上日出雾散之后才下到汤殿山。虽然汤殿山也被称作“山”，实际上，只因半山溪谷中有一处巨石，温泉滚滚而出，一旁建有神社，人们才尊称它为“山”。

我也按古时的习惯顺序爬了这三座山。

我在羽黑山的斋馆留宿一晚，第二天便坐着登山巴士来到了六合目的位置，因此并没有费什么工夫就登上了山顶。这里一路上还保留着“行者归①”“弥陀原”“普陀落”之类和佛教有关的地名。虽说每过一“合目”就有一个小屋，但也不过只是些让人想起芭蕉当年“笹当床、筱为枕”的简陋小屋罢了。

就像平常从庄内平原看到的优雅的月山一样，它的顶部是一片宽阔的高原，在山体略高一些的地方坐落着圣域月山神社。从这里向南，是舒展而平缓的斜坡，铺满了密集的岩石和低矮的高山植物，山顶上还开着雪绒花。

月山是日本少有的盾状火山②，四处都是巨大倾斜的山坡。即便是盛夏，山谷里也有大量的积雪。近年来，月山吸引了众多的滑

①行者归：羽黑山最陡的一段山路边的标志，有如中国山路上的“回心石”“鬼见愁”。

②盾状火山：盾状火山是指具有宽阔顶面和缓坡度侧翼（盾状）的大型火山。由火山喷出的产物主要为低黏滞性的玄武岩岩浆。

雪者,这也是山坡和积雪的功劳吧。

十七、朝日岳

在日本,有很多山都叫“朝日”。我想,这大概是平原上的人们看到朝阳把自己每日“相见”的山打扮得那么美丽,因而给起的名字吧。我曾经在山形市①的北郊外,看过山形市正西的朝日连峰沐浴在朝阳下的美景,真是让人叹为观止。

朝日连峰一般指鸟原山②、小朝日③、大朝日、西朝日、寒江山④、以东岳⑤。其中,大朝日是最高峰。但是,它和鸟海山、岩手山⑥那种只有主峰高高在上的山峰不一样。朝日的价值在于整个连峰。从平地望去,连峰左端金字塔形的大朝日巍然挺立,就像八岳连峰的最高峰赤岳一样。

从大鸟池再往大鸟川⑦下没有路,我们只能一直在齐腰深的河里涉水前行。要不是幸运地遇到在溪谷垂钓红点鲑(岩鱼)的人给

---

①山形市:日本山形县中东部的城市,也是山形县县厅所在地。

②鸟原山:朝日连峰中的一座,在小朝日岳以东,海拔约 1420 米。

③小朝日:在朝日连峰的东北部,海拔 1647 米。

④寒江山:朝日连峰主脉山脊线中央的山峰,海拔 1695 米。

⑤以东岳:朝日连峰北端,日本山形县鹤岗市和新潟县村上市边界上的山峰,海拔约 1772 米。

⑥岩手山:日本奥羽山脉北部的成层火山,海拔 2038 米,日本岩手县的最高峰。

⑦大鸟川:发源于以东岳附近注入日本海的赤川上游部分。

我们指路,还不知道有多作难呢。

现如今,大鸟池的旁边盖起了山间小屋,还修了路,再也不用走河里了。

时隔34年,我再次登上了大朝日岳。到朝日矿泉,以前走路得花一整天,现在竟通了巴士。我从朝日矿泉经鸟原山、小朝日岳来到了大朝日岳,昔日的记忆已经变得模糊,都不记得当年宿营的地方了。只记得当年朝日岳山梁上大片大片的雪绒花,这次依然如旧。大片盛开的花铺满一地,简直就是放牛的绝佳牧场。

此刻,我虽然站在山顶,但四周大雾弥漫什么也看不到。34年前,那可是万里无云的大晴天,我有幸观赏了一次完美的日出。看着金字塔一样的大朝日岳倒映在日本海上的影子,我激动不已。

山形县的大歌人结城哀草果①在他60岁那年登上朝日岳,写下了这首豪迈的和歌:

记:登临奥羽②山脉,东望太平洋庄严之日出,诚此生之傲也。

太平洋上旭日升,巨影倒映日本海,任凭飘摇朝日岳。

东望太平洋,红日冉冉升。

西观日本海,朝日映海中。

因为目睹了歌中描写的美景,对这样的和歌我有强烈的共鸣。

---

①结城哀草果(1893—1974):日本山形县山形市人,歌人、随笔家。

②奥羽:日本旧时的陆奥国和出羽国,今为日本的东北地区。

十八、藏王山

我初次攀登藏王山,还是在这里的雾凇雪景刚刚为世人所知的时候。从高汤温泉再往上,就只有旧山形高等学校盖的登山小屋了。后来每到冬季我都会来这里滑雪。

战后,我受不了它那热闹劲,一次也没有去过。

多数人都熟悉藏王山的雪景,其实夏天爬藏王也赏心悦目。登山路线一般从高汤温泉出发,翻过熊野岳和刈田岳,最后下到峨峨温泉。连接熊野岳和刈田岳之间的地方被人称作马背梁,是一片开阔的高原状的山梁,如果遇上暴风雪,极容易在这里迷路,是滑雪的难关。而夏季的它就像公园一样,是个散步的好去处。在这里,一侧是山形,一侧是宫城,一望无际的山河尽收眼底。

被称为"御釜"的火山口湖可以说是藏王山的明珠。有了它,马背梁的逍遥游更加精彩。直径 360 米、几乎圆形的湖水,东边是一面刀劈斧鋆的断崖,崖壁间的横纹呈现出的色彩美得无以言表——该叫它铁锈红吧,以它为主,又混入了各种色彩,所以有"五色沼"的别称。

战后的藏王山成了滑雪爱好者的"圣地"。交通方便了,架设了索道和缆车,登山小屋到处都是,还将高汤温泉改名为藏王温泉,甚至把村名和奥羽本线上的金井火车站也更名为"藏王"。面对山形县一侧日益繁荣的景象,宫城县当然不甘落后,也加紧了各种便利设施的建设。近年来，经由刈田岳附近，连接宫城与山形的公交线路也通了，毫不费力就能一睹御釜的风貌，但相应的魅力也少了许多。

十九、饭丰山

饭丰山，平常叫“iidesan”，但山下有个村庄，那里的村民把它叫“iitoyosan”。“饭丰”这个名字本身就很怪，不知是怎么来的。有人说附近温泉多，是从“汤出”（yude）一词变来的。也有人说，奥州白河郡有一座式内饭丰姬神社，那儿有一种叫作“iitoyo”的鸟，是从这个叫法来的。我在饭丰神社买了一本明治三十八年版的讲神社缘起的书，书中却说，饭丰山之所以叫饭丰，是因为山形丰满，看上去恰似一碗盛得冒尖的米饭。

缘起①这东西，大多不可信。书中说，役小角是饭丰山神社的开山之祖。随后，还有行基、空海法师②等人前来参拜过。当然都是虚妄之说。但书中说，文禄四年（1595），当时的会津领主蒲生氏乡③信奉这座山，劈山开路，盖殿修庙，从那以后，饭丰山就兴旺了

---

①缘起：重要佛教术语，一切有为法都是因各种因缘而成，此理即为缘起。任何事物都因为各种条件的相互依存而处在变化中，这是佛陀对世间现象的成住坏灭之原因、条件所证悟的法则。

②空海法师（774—835）：日本平安朝初期的高僧。曾入唐长安青龙寺留学求法。

③蒲生氏乡（1556—1595）：伊势松阪城主，1590 年被任命为会津领主后，开始信奉饭丰山，下令开山路，修社殿，该工程于 1595 年完工。

起来。这倒是可信的。

饭丰山这个名字颇具个性,我很早就心向往之。但是它总给我一种非常不方便、很难去的感觉。当然,我说的不光是饭丰山主峰,还包括那些连绵贯通的整座山脉。事实上,那里也没有路,必须有一连露营好几晚的心理准备才行。

夏天,整整一星期,我们在玄先生的带领下,爬遍了饭丰山的所有山头,深深地感受到玄先生所言不虚。大片大片的残雪、五颜六色的花田、广阔的山梁,还有安营扎寨不可或缺的一个一个的小池塘,这一切的一切,都像幻境一般让我们逍遥其中。最让我佩服的是主脉上那一座座高峰,个个威风凛凛,气势不凡,有如一城一国的大王。

我们走过的仅仅是饭丰山的主脉,还有数条向左右两侧延伸开来的漫长支脉以及镶嵌于两峰之间的众多山谷,这方圆 40 千米的庞大山地里,还有多少不为人知的秘境啊。

我们经过御西岳,登上饭丰山主峰。下山时,顺着牛岩山的山梁下到五枚泽。牛岩山这一线是刚刚开发的。这一路走来,我们在山间小屋住了一宿,露营三宿。启程前和下山后,则分别住上了云母温泉旅馆和热盐温泉旅馆这种难得的好地方。我和妻子、两个儿子,玄先生和他女儿,再加上两个帮着拿行李的年轻人,一行八人,一路上热热闹闹,踏山而行,途中没怎么下雨,一直是大晴天,偶尔云来雾去的,反倒给旅途增添了几分独特的趣味。回想起来,着实回味无穷。

二十、吾妻山

我认为吾妻山这个名字应该来自东吾妻。《古事记》中说:“其名虽为一切经山,然俗称之曰吾妻山。”可见,一切经山可能曾作为主峰受到过推崇。又传说,空海法师曾将《一切经》埋藏于此山,才有了这个名字。

一切经山的北面有座山叫“家形”。山如其名,它的形状像一座房子。东屋(azumaya)一名是不是就从这里来的,然后变成了吾妻(azuma)山?这并不是毫无根据的猜想。这里还有一座神社叫东屋神社。上信①境内有座四阿山(读作 azumaya,又写作吾妻山),据说它的名字来源于东征英雄日本武尊②在怀念妃子“弟橘姬”③时叹道“吾妻啊”这一典故。我们这里说的吾妻山这个名字也是取自传说里面的人物的某个典故,但这毕竟有些牵强附会。所以,我觉得吾妻山这个名字还是从“东屋”发展来的可能性更大。古时候先把一切经山附近的几座山叫吾妻山,慢慢地,就把整片山地都统称为吾妻山了。统称的吾妻山,范围相当大,最高峰是西吾妻山,它也是群山里唯一海拔超过 2000 米的山。但由于附近的其他山也矮不

---

①上信:日本旧国名上野、信浓的合称,现长野县和群马县境内。

②日本武尊:日本神话人物,传说其力大无穷,善用智谋,于景行天皇期间东征西讨,为大和王权开疆拓土。

③弟橘姬:日本神话中的人物。

了多少，因此，也不足以给人高人一头的感觉。我和一位年长的朋友登上这最高峰是 4 月上旬。我们从白布高汤的旅馆出发，从旅馆跟前开始，雪还很深，足以滑雪，又是周末，而且一直到山顶都是大晴天，却没遇见一位登山的人。那时还没有滑雪缆车。

我们两人踩着滑雪板爬上森林地带的陡坡，站在人形石峰上看，我们要爬的西吾妻山还远得让人气馁。通向那里的山梁不像是山梁，倒像宽阔的高原。来到这里，我才第一次感受到吾妻山西部的雄伟。

西吾妻的山顶上也是平坦无垠的原野，低矮的百叶冷杉纷纷从雪地里探出头来，用我朋友的话来说，犹如“一群跃出海面嬉戏的海豚”。

二十一、安达太良山

最早在《万叶集》里就有安太多良这个名字：

安太多良岭，常有猪鹿伏。吾到寝居处，切莫移他住。

陆奥有安太，山中多良弓。任由弓久置，何日弦再鸣？

此山在那么遥远的过去就负有盛名真是难得啊，这大概也是《万叶集》中出现的最北面的山了吧。

在小屋住了一宿，翌日清晨，细雪随风飞舞。我爬上铺满雪花与岩石的陡坡，来到山梁上——就是铁山与矢筈森的山鞍处。天气好的话，这里可以俯视对面火山口底的“沼平”。陡峭的岩壁将其从三面围住。“沼平”之前是一片沼泽,现在已经沙化了。据说,明治三十三年(1900)火山爆发,这里的硫黄精炼所损失惨重,70多个员工全部丧生。现在,那悲惨的历史好像从未发生过似的,沼平静悄悄地,给人一种山中仙境的感觉。

我没有下到沼平去,而是直接从山鞍处去了“马之背”,翻过有巨大岩石的矢筈森(明明没有森林,缘何叫森呢?),山梁变得平缓宽阔,不一会儿就到了乳头山下方。登上有铁梯子的悬崖,就到了安达太良山的山顶。山头云雾缭绕,视野狭窄,但丝毫不影响登顶的喜悦之情。

下山时,我选择了岩代热海一线。沿着沼平南侧火山口的悬崖走,然后离开悬崖边,下到南面的树林带,来到广阔的原野上,回望安达太良山,依旧笼罩在云雾之中。我们刚刚走过的南斜面,林木附着雾凇,一片雪白,真是值得一看的美景。

信步走过随意舒展的原野后,没多远就下到保成垭口。然后再下到岩代热海温泉,就结束了短暂的两日登山游。

二十二、磐梯山

明治二十一年(1888)7月15日早晨,磐梯山①大喷发。据说喷出的浓烈的火山灰使得四周一度陷入黑暗。远远望去,柱状浓烟的

①磐梯山:位于福岛县的成层火山。海拔1816米。

高度有磐梯山的三四倍，不一会儿浓雾便呈伞状扩散开来，覆盖了天空，简直就像是核弹爆炸产生的蘑菇云，只不过里面没有放射性物质罢了。

火山喷发处是位于磐梯山主峰以北的小磐梯山，整个山都喷出去了。熔岩向北流去，吞没了桧原村的部落，死伤500多人，牛马也损失了57头，受害面积109平方千米。山北数里变成了高原，河流也被堵塞，成了几个湖。

这片至今无人问津的土地如今变成了叫作“里磐梯”的观光地，名声大振，以至被列入国立公园。真可谓昔日灾祸今成福啊。磐梯山的繁盛热闹都被这后山夺去了，如今后山甚至有一种前山的范儿了。但是磐梯山从前山和后山看到的感觉还是大有不同的。从后山“里磐梯”看不到前山端庄秀丽、雄伟壮观的形状。因火山大爆发而损毁的小磐梯山，直到现在都可以看到那些狰狞的“伤口”，形成的悬崖断壁格外惹人注目。而磐梯山和邻峰栉峰一起构成了间隔很宽的双耳峰，充当了断崖的陪衬。如果你想要接触真正秀丽的磐梯山，那一定要站在南麓的猪苗代湖①仰望，从这儿看到的山，壮美卓绝，真不愧是传说中的会津名山。只要从前山看一下它，你就会明白它名山的风度。

前山登山口有一个延喜年间的旧神社叫作磐椅神社，听闻古时这个神社供奉在磐梯山顶上，弘仁年间(810—823)迁到了现在的

---

①猪苗代湖：位于福岛县近中央。

见祢山南麓，俗称峰明神。“见祢”是“峰”的演变。《文德实录》中记载：齐衡二年（855），石椅神被授予“从四品下”的爵位。磐梯山的旧名就叫作“石椅山”。而这一带之所以叫作耶麻郡，也是由于“耶麻”就是“山”，也就是因为有磐梯山。

表磐梯的登山口是从猪苗代[①]开始的，我在猪苗代车站下了火车，但那里并不是镇子，必须坐巴士再走约两千米才能到山脚。赤埴山东南方向的熔岩流上方一带就是现在的滑雪场了，那是旧时冲出的泥石流。明治二十一年里磐梯大喷发的时候，泥石流冲到了见祢，掩埋了部分村落，还有一些巨大的喷石，现在叫“见祢大石”，成了天然的纪念物。

登上滑雪场的斜坡便可看见下面猪苗代湖的全景，斜坡越来越陡，翻过赤埴山再经过静悄悄的“静沼”，就来到了名为“沼平”的湿原。这儿以前是喷火口的底部。从此处再登上险峻的大斜坡就可以看见这一带十分壮观的悬崖绝壁——那凄厉的样子仿佛在向我们诉说火山爆发力的恐怖。

那次火山喷发是在大同元年（806），相传当时月轮和更科两乡的18个村子都沉入了水底，然后就出现了猪苗代湖。虽然猪苗代湖是由于磐梯山爆发形成的堰塞湖，但是否是大同元年那次灾难造成的就没有确切的考证了。

从那以后磐梯山再没有什么大动静，一直到明治中期又一次突

---

①猪苗代：位于福岛县耶麻郡猪苗代町。

然大爆发，这一次火山爆发喷出的岩浆掩埋了后山的村庄，造出了新的湖泊——平常看起来安稳沉默的山真不知道它能干出什么事儿来，这也正是火山的可怕之处啊！

从沼之平爬上旧火山口壁之后，就到了草原一样宽的山梁上。然后就是名为"弘法清水"的地方——有甘甜的泉水汩汩涌出。这里是与里磐梯登山道交会的地方，游客也骤然多起来。一般人都是从交通方便的后山上山，然后再从后山回来。

这时，前山反而清静了。

二十三、会津驹岳

我们国家好多地方都有叫"驹岳①"的山，登山者常给它们冠以地名来区分，如秋田驹岳、木曾驹岳、甲斐驹岳等等。会津驹岳就是其中之一，位于南会津②的最深处。

驹岳的由来有很多种。木曾驹，因山下牧场产马而被称为"驹岳"；秋田驹，因山腰上未融化的积雪与马相似而得名。那么，"会津驹岳"是怎样来的呢？《新编会津风土记》③上有这样的记载："有峰五座，向东北绵延八里（32 千米）余，残雪成马驹状。"仅仅"残雪

①驹岳：指随着爆炸山峰顶部崩塌而形成的线条不够陡峭的独立峰。

②南会津：位于福岛县西侧，与新潟县、枥木县、群马县这三个县相邻。森林覆盖率约 90%。

③《新编会津风土记》：日本古代会津藩主持出版的关于当地的自然、地理、气候、历史文化等的书籍，1803—1809 年编纂而成，完成后献奉给江户幕府。

成马驹状”一句，是指残雪的一部分与马驹的形状相似，还是说残雪让整个山看上去像马驹奔腾的气势呢？不清楚。但我认为是后者。这是我爬这座山的实际感觉。

说起会津的名山，人们首先想到的便是磐梯山，或许这是由于从猪苗代的平原上谁都能看见它的缘故。尽管会津驹比磐梯山要高 300 米，却几乎无人知晓。因为从平原上任何地方也看不见它。你打开比例尺为二十万分之一的“日光①”地图就知道，原来它就在众多密密麻麻的群山深处。我去桧枝岐的时候，村民说他们是“日本第一深山部落”，这也是有理可寻的。它到最近的村子有 12 千米路，到邮局有 20 千米，到有火车的地方要花两天。如今，桧枝岐已经通了巴士，而且划入了“日光国立公园”，有一点旅游景点的味道了。以前，这里可是被当作传承古老山村民俗的秘境的一个小村庄啊。这里耕地匮乏，大多数家庭为了找一点点能耕种的平地，在离家很远的地方，都有一个看地的庵子②。这样，到了农忙季节，村里如同空巢，只剩下老人了。

镇守着这个村子的是驹岳神社，每年阴历七月十五祭神。每年的这个时候，按照惯例，出工干农活的村民都会回来，在神社前的舞

---

①日光：日本本州关东地北部国际游览城，位于枥木县西北部大谷川南岸女峰山麓。西部山区为日光国立公园。最高峰奥白根山（海拔 2578 米），附近有 20 多座海拔 2000 米以上的高山，为钟状火山。山中有中禅寺湖、汤元温泉、战场原和华严瀑布等著名游览地。

②庵子：小草屋。

台上表演歌舞伎①。

不愧是有着优雅习俗的村庄，这里的村民容貌秀美，人情味也浓。

天空放晴，一大早我出了桧枝岐的住处开始登山。过了村外的桥，有一条登山的路。桥旁边有早稻田高等学院两个学生的遇难碑——是高田早苗校长的亲笔题字。那是1926年10月19日的事情，学生们一行三人在大雾中迷路，又不幸遭遇了一场不合季节的初雪，其中两人因冻累而遇难。

登山的路沿着窄窄的山梁一个劲儿地向上延伸，阔叶林渐渐让位于针叶林，周围一片一片地出现了残雪。然后，湿雪粘连成片，树也变得稀少起来。忽然，景色让人眼前一亮——这便是会津驹岳的全貌了：长长的山脉不断延伸，满山的积雪亮晶晶的，很难找到哪里是最高点。就是这时候，我看到了会津驹岳——它就像疾驰的天马一般。我把两张照片拼接在一起，也不能照全它的全貌。

会津驹岳的山顶是迄今为止我到过的众多山顶中最出色的一个。四面都是峰峦叠嶂，为了指出那些山名，一个小时一晃就过去了。6月中旬的这个大晴天，只有我一个人身在此山中，这种幸福感使我恍惚。或许是忘乎所以了吧，下山的时候，我开心地在残雪上乱跑，错过了和登山道的接点，迷路了，再怎么找都无济于事。终

①歌舞伎：日本典型的民族表演艺术，起源于17世纪江户初期，犹如日本的“京剧”，演员只有男性。在日本叫“重要无形文化财产”，2005年被联合国教科文组织列为世界非物质文化遗产。

于我有点儿不耐烦了,下到了溪谷中。接下来的三个钟头,让我明白了,轻率地进入一条未知的山谷是多么愚蠢的做法。

等我惭愧地回到桧枝岐的时候,天已经黑了。好心的房东说:"还好是上泽,要是闯进了下泽,你就下不来了。早稻田的学生就是在下泽遇难的,尸体不得不先抬上山梁才搬下来的。"

二十四、那须岳

要说那须的历史和传说,我们用这一篇文章根本说不完。自古以来,那须这一地名就非常有名。虽然传说中的都是那须原野,但是要不说这些,就没法说那须岳,因为那须岳正是依托于这一方原野而获得生气的。应该说,那须这一名字无人不知吧,我们从各种故事和文章里都有耳闻。日本火山众多,但是,始于关东地区,纵贯奥羽,往北向北海道、桦太岛①方向延伸的这一条火山山脉,被冠以"那须"的名字,仅这一点就可以看出,它是有代表性的火山。

那须(nasu)这一词的语源已不可考。根据寺田寅彦②《火山名随笔》的描述,日本的火山阿苏(aso)、浅间山(asama)、有珠岳(usu)、云仙(wunsen)、惠山(esan)等名字,读音都很类似。他推测,这些名字可能来源于南方语系的Aso(意为"燃烧")、Asua(意为"烟")等词,那须或许也是其一个变音吧。不过,相对于那须的

①桦太岛:库页岛南部地区。

②寺田寅彦(1878—1935):物理学家、随笔作家,东京帝国大学教授。

发音，更让我们印象深刻的应该还是“那须”这两个汉字。据传，在景行天皇[1]时代就已经有那须国[2]了，并有国造[3]一职。文武天皇四年（700），那须国造韦提去世，为了纪念他而建的“那须国造碑”保存至今，并被认定为国宝，据说是日本现存最早的刻有整篇文章的石碑。

那须之与一，这个人应该人尽皆知吧。这个在屋岛之战[4]中一战成名的弓箭高手，就是那须野出身。那须地区的人们常年追逐鸟兽，骑射技术非常精湛，因此，源赖朝[5]经常在这里狩猎，实朝[6]有“武士列，蓄势引弓，那须野”这样的和歌，也就不足为奇了。

更让那须广为人知的应该是关于杀生石的传说。中国西周君主周幽王的宠后美女褒姒来到日本之后，被称为“玉藻前”，入宫后，帝之恩宠集于一身，但实际上却是一只白面金毛九尾狐。真身被识破后，她逃往那须原野，深重的怨念，让她最终变成了杀生石。这个传说被改编成能剧、琴曲、歌舞伎等，成了文学作品的素材。写

---

①景行天皇：据《古事记》和《日本书纪》记载，为日本第十二代天皇。

②那须国：日本旧国名，今栃木县东北地区。

③国造：古代日本臣服于大和朝廷的地方首领。大化改新后实行国郡制，大多录用为郡司。

④屋岛之战：1185 年 2 月，源义经的军队突袭屋岛，把一谷之战后逃至屋岛的平氏赶到海上的战斗。次月，平氏在坛浦灭亡。

⑤源赖朝（1147—1199）：日本镰仓幕府第一代将军，源义朝第三子，因平治之乱被流放到伊豆。1185 年于坛浦灭平氏。1192 年称征夷大将军，创立镰仓幕府。

⑥实朝（1192—1219）：即源实朝，镰仓幕府第三代将军，源赖朝次子。

下《奥之细道》[1]的松尾芭蕉，还曾特地去看了杀生石，并留下这样的俳句：

引骏马，横对那须野，子规声咽。

杀生石有狐妖作祟的传说可能源自一个现象——靠近杀生石的蜂群、蝴蝶等总会成群地死亡。其实这是因为石头中含有有毒气体的缘故，直到现在，杀生石周围还有栅栏围着，并且禁止入内。

那须刚好位于从关东地区到寂寥的奥州路的入口处，或许这也是它自古以来就广为人知的原因。陆羽官道由南向北，纵贯那须原野。虽然现在的旅行家们已经不走官道而是选择坐火车，但是对于爱山之人来说，原野尽头连绵耸立的山峰，绝对让他们舍不得移开目光。

迎面出现的是那须群山中的最高峰——茶臼岳，也是目前唯一的活火山，火山喷发频繁，极为壮观。从南到北，黑尾谷岳、南月山、茶臼岳、朝日岳、三本枪岳被称为那须五岳。我们可以把位于中心地带的茶臼岳、朝日岳、三本枪岳看作那须岳。茶臼岳——正如其名，是一个臼形的锥状火山，据说朝日岳巍峨的岩峰就是茶臼岳曾经喷发时的火山口遗迹。说到三本枪岳，一般看山名都会以为岩峰一定很尖峭，其实不然，三本枪岳不仅山顶平缓，北侧山肩还曾是下

---

①《奥之细道》是日本作家松尾芭蕉创作的散文集。本书记述松尾芭蕉与弟子河合曾良于元禄二年(1689)从江户(东京)出发，游历东北、北陆，至大垣(岐阜县)为止的见闻。

野、磐城、岩代①三国的边界。据说封建时代,黑羽藩、会津藩、白河藩②的武士们,为了确认自己的领地,会在五月五日端午节这天带领人马携枪登山,并且在山顶上插上三支枪,三本枪岳之名便由此而来。从现存的断崖痕迹可以推测出,古时三本枪岳应该也曾有过火山活动。

得益于这一火山山脉,此地不仅有汤本、北汤、弁天、大丸、三斗小屋、高雄、板室等旧时的“那须七汤”,现在加上旭汤、八幡、饭盛、新那须等四处,共有 11 处温泉。虽说统称那须温泉乡,但既有汤本这样高档宾馆林立的温泉,也有三斗小屋这样时至今日仍然只有两家简陋小旅馆的地方。无论如何,能守着温泉去登山,也是那须岳给我们的一种享受吧。

二十五、鱼沼驹岳

鱼沼三山呈三角形,包围着水无川的上游。其中,最高的是中岳,海拔 2085 米。最有名的是八海山,诸多善男信女前来参拜,热闹非凡。但我偏拿驹岳做代表,因为它最壮丽。《新编会津风土记》说:

---

①下野、磐城、岩代:日本旧国名,分别相当于今日本栃木县全境、福岛县东部和宫城县南部、福岛县中西部。

②黑羽藩、会津藩、白河藩:分别相当于今日本栃木县东北部、福岛县西部、福岛县南部地区。

山势险峻，半山以上人迹罕至，寒风殊烈，熊猿尚不能栖，冬日唯有猎人踏雪得攀。春夏时节，山上残雪呈驹状，故而得名。

据说八海山因山上有八个海的孩子而得名，但从外观看来并非如此，倒不如另一说法——因山顶的岩峰群呈阶梯状而叫作八阶山更为确切，或者，叫作八峡山，那就更贴切了。①

在木曾御岳②的正面，王泷的登山路上，也有三笠山、八海山被人当作大明神供奉。没准儿是信徒们把御岳的八海山的名字移用到了这里。虽然从地方文化渊源上来说这不可接受，但我认为这可能是最接近事实的一种可能了。

自古以来，和修验道有关的多是岩石山，悬崖绝壁的锁链、铁梯，放在让登山参拜者胆寒心裂的地方，才能彰显它值得夸耀的功德。八海山也不例外，其危险程度堪称全国之最。我在山麓大崎口的社务所看到的山史书上记载，八代孝元天皇的第五皇子彦太忍信命，受封本国薮神庄时，和妃子白系媛命来到八重原（八色原），开创了此山。

作为信仰之山，八海山顶有很多石碑和修验者的石像。最后的岩峰名为“奥之院”，用来祭祀不动明王。这些和我们这些无缘人没什么关系。但是，从这儿隔着水无川看到的驹岳却十分壮丽。和中岳略带柔和的圆顶不同，驹岳在陡直的大峭壁上巍然耸立。

---

①八海、八阶、八峡，在日语中读音可以相同。

②木曾御岳：位于长野市木曾郡王泷村一带，海拔 3067 米，复合型火山。山脚有王泷御岳神社等。

善男信女中的勇者，会从八海山爬到中岳，再到驹岳，这叫三山巡礼。这样的话，一般要三到四天。近些年，反向逆路而行的人变多了，因为这样好爬。

我也选了这个轻松的爬法。11 月上旬，我们坐巴士到达了新枝折垭口，在那里的电力中央研究所的冰雪灾害试验所投宿了一晚。次日，经过小苍山登上了驹岳。山顶五六坪[①]的平地上有小神龛。离开驹岳山顶，我们又扎营在中岳跟前。当时山梁两侧都是陡坡，我们费了好一番工夫才找了块勉强能搭帐篷的平地。

在雪地的帐篷里睡到第二天天亮，竟是个无风晴朗的好天气，大家踊跃地登上了中岳的山顶。放眼望去，越后地区的众山尽收眼底。从中岳到八海山，沿着山脊走，道路的艰难超出想象。狭窄的岩石山脊忽上忽下，我们先是一气下降了 800 米，又开始爬八海山，路也异常艰辛。八海山岩石嶙峋，最初的两三个岩峰，只能拽着铁链子往上爬。我们爬上第八个岩峰时已是傍晚。返回山脚大崎口的社务所时，已经是晚上 9 点多了。

二十六、平岳

平岳这个名字源于它那广阔平坦的山顶。不过，平岳是越后这边的叫法，另一边的上州，把它叫“涂桶山”。这也应该是根据形状

①坪：日本的面积单位，一坪约 3. 3 平方米。

得来的名字,不过,怎么就能看出是桶的样子呢?

我至今不明白。

错过残雪期的我,终于在深秋实现了多年的夙愿。从越后一侧启程,从上州一侧下山。同行的有不二先生和伊久先生,以及小出登山会的S先生,加上一名挑夫,一共五人。从小出坐巴士,翻过枝折垭口来到了石抱桥。从这里乘船,驶入中岐川。中岐川是北又川的支流,近年修了水库就成了湖。在它和二岐泽交汇处,有为挖蕨菜的人盖的小屋,我们留宿一晚。第二天沿着二岐泽逆流而上,来到了一个通向地标1887米三角点的山梁上。然后,同闻名于世的“越后灌木林”的苦战方才开始。这天直到很晚的时候,我们也仅仅找到了一块局促的地方,勉强支起帐篷过了一夜。

第二天,仍然是钻灌木丛。失去方向时,我们就爬到树上来确定方向。终于到了池岳那令人舒畅的草原,我们才松了口气。然后,跨过中岐川的源头又钻进灌木丛中。在烦人的灌木丛中钻来钻去,突然来到了一片美丽的空地。

那正是平岳的山顶,而此时已是傍晚时分了。

我们在山顶的帐篷里迎来了天亮,居然碰上了个出奇的好天气。草原上到处都点缀着小池塘,没有可憎的垃圾,四下里都是未经污染的自然之美。四周群山林立,叫得出名字和叫不出名字的山多到数不清,让人感受到“深山”的意义。

我们下山走的是水长泽一线。沿着乱石滚滚的溪流下山,不久,来到山腰一条俯瞰谷底的羊肠小道。这本是为了采掘铝矿而修的路，矿废了，路也荒了。

也许，要不了几年，这条道就会彻底荒废，平岳才能再次成为没有路的山，从而保存住它那美丽的山顶。

二十七、卷机山

1887 年，当局耗巨资在越后国①与上野国②之间修了一条官道。它北起越后一个位于登川③最上游叫作清水的偏僻村落，翻过清水垭口，沿着古川岳连峰的东麓一直南下到上野国。修成之时，人们为它举行了盛大的竣工仪式。然而几年后，一场雪崩将它毁于一旦。时至今日，它的遗迹仍依稀可见。据说修上越线④铁路时有两个方案：一条是翻清水垭口的旧路，还有一条就是现在的线路。当年如果用了第一个方案的话，那些位于上越⑤两国边界、很少有人攀登的桧仓头山、柄泽山、米子头山和卷机山连峰，一定会更加为人所知吧。而这些山中，卷机山是最高而且最有气势的。

山中的清水村正好在卷机山的正下方。从村子开始向上爬，不久就有一个叫“天狗岩”（或者叫“黑吊桶”）的黑黢黢的岩峰，兀然矗立在卷机山前，让我印象深刻。在它的右后方，山顶平缓的卷机

①越后国：日本旧国名，也称越州，相当于现在的新潟县（除佐渡岛外）。
②上野国：日本旧国名，俗称上州。大约为现在的群马县。
③登川：信浓川水系的支流，流经新潟县南鱼沼市。
④上越线：从群马县高崎市至新潟县长冈市的 JR 东日本铁道线。
⑤上越：指上野国和越后国。

山，悠闲地横在那里。

居住在越后国盐泽市的铃木牧之[①]写的《北越雪谱》中有许多南鱼沼郡[②]关于雪的神话传说，被誉为名著。这本书的上下两卷中只出现了两座山的名字，其中一座是苗场山[③]，另一座则是破目山。苗场山当然知道，可是，破目山这个名字听都没听过。

关于这座神秘的破目山，书中这样写道：

鱼沼郡清水村后有山，高一里有余，一周亦一里有余。山中多有大小不一之"破隙"（裂缝），因以得名。山腰老树，盘根错节，山上岩石重叠，其形有如龙腾虎跃，奇奇怪怪，不可言状。山脚左右皆有溪流，汇而成瀑，绝佳妙境，亦不可言说。

通过这些描写，我推测，牧之所说的破目山就是现在的卷机山前峰——天狗岩。从岩石奇奇怪怪，左右各有溪流，到村人对此啧啧称奇——一切都与记述吻合。在比例尺五万分之一的地图[④]上，我们可以看到天狗岩的后面有一座设立了三角点的山，标为"割引山"。"割引"一定是"破隙"之讹[⑤]。从清水村仰望，看到的天狗岩同这座有地标三角点的山是重合的。也许当年测量地标的人和当地人有过这样的对话：

"那座山叫什么？"

---

①铃木牧之：江户后期的商人，随笔家，牧之为其俳号。
②南鱼沼郡：新潟县的郡。
③苗场山：新潟县南部，长野县东北部的火山，高 2145 米。
④比例尺五万分之一的地图：五万分之一为日本地图的基本比例尺之一。
⑤译注，日语发音相似，故易有讹传。

“那个？那叫 waremeki 呀。”

“什么？waremiki？啊，知道了。是 waribiki 吧。”

然后，他们便立即将这个听错了的名字记在了地图上。

像这样误听了山名的事，在五万分之一的地图上并不罕见，不远处还有一例。清水村东面标有一个“威守松山”。这种奇怪的名字，大概只是借了“威守松”这几个字来表音的吧。

清水村从很早就是连接上越两地的一条近道上的要冲，很有历史渊源。我投宿在农家时，在火塘边听了很多传说、故事。据说，这个村子的开山之祖是一个名叫阿部卫门尉的人。族谱收藏在一个名为“和泉屋”的大户人家。所以我觉得，威守松山是来源于卫门尉这个人名吧①。用故人之名来给村子附近的山命名，也是常有的事。

听说卷机山中祭祀着纺织之神——卷机，不过记得并不清楚，也许是与养蚕有关也不一定。不管怎么说，既然《北越雪谱》中出现了卷机山前峰的记载，那就说明鱼沼郡的人很早就知道这座山。卷机山，很好听的名字。我愿意把这座藏在深山人未知的美丽的山，当作上越两国边界上的名山推荐给大家。

我第一次爬卷机山是昭和十一年(1936)4 月。那时节，我和爱好爬山的一帮朋友，每年初春都回到清水来住一段，享受山地滑雪。这个雪国的小村子，有时候，进了 5 月份还能滑雪。我 4 月 8 日爬

---

①译注，二者日语发音相近。

的卷机山,村子还覆盖在厚厚的积雪之下。当时,我们从上越线的盐泽站下车,一路沿着登川前行,走了长长一段路才到达群山深处的清水村。在村子里住了一宿,第二天,雇了一位向导兼挑夫,领我们登山。一开始是叫“桧穴段”的陡坡,爬起来相当困难。然而,爬上去之后,便是一片舒坦宽阔的、叫人忍不住想要欢呼的大雪原。然后,我们又爬了一段叫“上桧穴段”的陡坡之后,就看见前山了。从前山到卷机山顶的路用不了30分钟。山鞍处,积雪消融之后,便会涌出多处泉水来,遍地开满了一种叫“南京小樱”的小花,真是个好地方。

山顶宽阔,但因为雾很大,我们很遗憾没能领略到它的宽广之美。

二十八、燧岳①

二战前,我来过好几次尾濑。

我曾在10月中旬冒着大雪翻过三平垭口,也曾在初夏时节迎着阳光跨过富士见垭口②。从富士见垭口附近的“菖蒲坪”放眼望去,广阔高原另一端的燧岳全貌一览无余,真是天下一绝。我想这大概是燧岳最美的姿态了。这时的燧岳,大笔一挥,左右两条长长

①燧岳:位于日本福岛县西南端的火山,喷发后在其西南面形成了尾濑沼和尾濑原。

②富士见垭口:位于日本群马县,因观景台而闻名。

的山脊线，构成了一座纯正的金字塔。甚至，同是金字塔，燧岳山脚蜿蜒绵长，更显气势宏伟。

我登上燧岳那天，恰逢天公作美，周边的群山尽收眼底。日光的山、上越的山、会津的山、越后的山，甚至从赤城①的黑桧山②右后方，隐隐约约可以看到富士山。燧岳真是个当之无愧的群山观景台。下山途中，在“雪崩洼”的雪溪，我回想起在这里第一次见到木暮理太郎先生的场景。明治二十二年（1889），那时木暮先生尚年少，他就在父亲陪伴下穿越了尾濑，因此他是尾濑最老资格的粉丝之一。

木暮先生去世之后，其子长英先生继承父志，为尾濑的发展奉献终身。长英夫妇擅长短歌，有歌如下：

平野长英：今朝高岭又飞雪，燧岳一年迎冬来。

平野靖子：燧岳大祭客相从，同食赤饭享安宁。

尾濑自从被列入日光国立公园③后，就异常热闹。尾濑沼畔，洁白无瑕的水芭蕉④盛开时，就是旺季。

据说届时尾濑所有的山间小屋都会住满人。

二十九、至佛山

至佛山是围绕利根川上游群山中最高的山。在利根一侧，也叫

①赤城：即赤城山，日本群马县的山峰。
②黑桧山：日本群马县赤城山的最高峰，海拔 1828 米。
③日光国立公园：横跨日本栃木县、群马县、福岛县和新潟县的国立公园。
④水芭蕉：一种草本植物，多生长于日本的山地湿地处。

岳仓山,“仓”字,是指岩石或岩壁,因为从西面看到的山顶是这个样子。至佛,则是东面片品川一带的叫法,搞不清是什么意思。据说在宽文六年(1666)的《会津风土记》中叫至佛山。而在安永三年(1774)的《上野国志》中则叫四佛山。但从没听说过这山跟佛教有什么关系,又是远离人烟的深山老林,也没听说过自古有宗教拜山的事。

至佛二字应该是假借字。这山顶向东北有一条溪流,名为“貉泽”。读的时候要发促音,和尾濑沼的早稻泽要读促音是一个道理。我的一个朋友田边和雄,经常到访尾濑,他听当地人把“貉泽”也读作“xibuttuawa”,这个音就是“涩泽”,这是山涧常有的名字。我猜是这前三个音“xibuttu”后来被人用“至佛”标出来了。

我第一次登上至佛山是在大正十五年(1926)的秋天,当时上越铁路还没有开通。从藤原出发,沿利根川逆流而上,到狩小屋泽后开始正式攀爬。那时河滩里连路都没有,时不时地冒着四溅的水花爬上瀑布,匍匐在岩石上,闷头一个劲地爬。爬到山涧尽头,头顶上就是至佛山的全貌。满山的红叶中点缀着一个个小岛般的岩石,优雅的红色与点睛的险峻岩石相得益彰,呈现出一幅绝美的画卷。

相对于燧岳山的火山岩石构造,至佛山据说属于古生代岩石。森林带在低海拔处,因而大片大片的灌木带,有着种类繁多的高山植物。听说经常有园景商人来这里挖圆柏到市场去卖。

快到山顶的时候,我离开山涧顺左边的山梁继续爬,进到茂密的灌木丛中,披荆斩棘,终于冲出重围。然后,又爬了一阵巨岩,终于登上了山顶。

从我离开狩小屋泽算起，整整花了六个小时。

这是我第一次俯瞰传说中的尾濑湿原。

整个湿原火烧般的一片深红，一直延伸到它的另一端、形如金字塔般的燧岳脚下。能从至佛山顶，得到如此美妙的尾濑湿原第一印象，实在是我的福气。

天完全放晴，在秋阳灿烂之中，我们在山顶待了一个半小时，不知疲倦地数着周围的山。下山时我们选了容易滑跌的貉泽。终于下到了期待已久的湿原。沐浴着夕阳，跌跌撞撞地穿过了这片广阔的尾濑湿原。那时的尾濑十分的恬静。历时一周的山地之旅，都没有见到一个登山者。

三十、谷川岳

谷川岳变得如此有名是昭和六年(1931)上越铁路开通以后的事情了。在这之前，只有极少一些登山爱好者知道它。据说，大正九年(1920)7月，日本山岳会的藤岛敏男和森乔二位，从土樽登这座山时，它漫山遍野都是灌木丛，二人循着前人披荆斩棘开出的时断时续的通道，好不容易才爬上山顶。

当然，在他们两人之前，当地的人也爬上过这座山，所以当他们站到峰顶“奥开耳”上时，岩石背风处已有一座小神龛，里面还供奉着三面青铜古镜。这神龛供的是富士浅间大明神，所以这山峰又叫谷川富士。

然而,比例尺五万分之一的地图上,山名的记录有误,把名称全给搞乱了。现在的谷川岳,古时候叫“两只耳”。而且,把这双耳峰的北峰“奥开耳”又叫作谷川富士,南峰“涛马耳”又叫作药师岳。谷川岳这个名字,原本是称呼更里面的俎嵓(zǔ yán)山的。木暮理太郎[①]和武田久吉[②]等很早之前就熟悉上越山峰的前辈们,多次呼吁给这些山正名,却敌不过媒体的强大。现在把这“两只耳”叫谷川岳已经是板上钉钉的事了。

我第一次登谷川岳是在昭和六年(1931)的秋季。和小林秀雄[③]君两个人,先在谷川温泉住了一宿,第二天翻过天神垭口到达山顶。一路上没碰上一个前来登山的游客。下山时,我们取道西黑泽,一直走到汤桧曾。那时节,土合还只是一个信号站,不是正式的火车站。

二战刚结束时,物资匮乏,万事不便,我带着妻子和 4 岁的大儿子,从西黑山脊又登上了这座山。那是 11 月末,一个晴朗无风的日子,但山上新雪已经很厚,我们没爬到山顶就折回了。那之后很久,我再没去过谷川岳。光是听到几百人排着队爬,还有巡逻的人来回照应,就提不起兴头了。

---

①木暮理太郎(1873—1944):日本著名登山家,山岳研究家,曾任日本山岳会第三任会长。

②武田久吉(1883—1972):日本著名植物学家,登山家,曾任日本山岳会第六任会长。

③小林秀雄(1902—1983):日本的文艺评论家、编辑、作家。

三十一、雨饰山

我记不清是什么时候知道雨饰山的了。从信州[①]大町[②]出发，顺着丝鱼川[③]官道，翻过佐野坂时，北面远处可以看见有一座不太高却很优雅的金字塔样的山。但是，丝鱼川官道左首连绵耸立的后立山连峰威严壮观，更吸引人，旅人就很难注意到我说的这座山了。这是座含蓄温润——不，我更想说是座可爱的山。

这山深深地吸引了我。雨饰山，这个名字我喜欢。

太平洋战争爆发前，我曾试着从北面的梶山新汤攀登雨饰山。那时还没有明确的登山路，转来转去，最终还是找不着路，我只好折回。但是，从北侧仰望，雨饰山真的很漂亮。左右的山肩均匀延展，上面，猫耳朵似的两个山顶亲热地靠在一起。站在 5 月的晴空下，怎么看也看不厌。

之后不久，我又计划从南侧登山，就去了小谷温泉。这边一样也没有路，我就请了个熟悉雨饰山的当地人做向导。然而，天公不作美，当时天天下雨，白白等了四天，我不得不选择放弃。

第三次登雨饰山，已是战后哪一年的 10 月下旬了。这一次，我

---

①信州：即信浓国，俗称信州、科野。今长野县。

②大町：是日本长野县西北部的一座城市，面积 564.99 平方千米，2012 年 12 月 1 日统计人口为 29040 人。

③丝鱼川：位于新潟县最西端，面向日本海的城市。是日本的玉产地。

终于得偿夙愿。登山口还是选择了小谷温泉，然而，路到半道上就没有了。让向导在前领路，我们一行四人朝着漫山的红叶进发。来到大海川，路又不见了，只好沿着河滩溯流而上。

大海川的上游分成两支，我们选择走左边的荒菅泽。平缓的山谷突然变成了激流险滩，我们一会儿跨大石，一会儿贴峭壁，为了避开瀑布，只好钻灌木丛绕道爬上去。

渐渐地，河道里没有了水，我们踩着一个一个大石头，走出了林带，视野豁然开朗。头顶上方出现壮美的岩壁，这些名叫"布团菱"的巨大岩石，中间有着像走廊一样的缝隙。

穿过这咽喉要道，来到上面，就到了溪流的源头。再往上，就是枯草贴地的陡坡。我气喘吁吁地爬上急坡，来到山梁上，这才看到清晰的路。这条路是近些年从梶山新汤方向开出来的。接下来到山顶，虽然很陡，但真的想要爬上去，也就是一鼓作气的事儿了。

终于站在了我久恋的山顶。这里碧空如洗，万里无云，秋日午后 3 点的太阳光洒落在远方一个个山头上。山顶上的万物是那么闲适。树梢间感觉不到一丝微风，鸟儿静静地待在林子里。山上没有什么人工雕琢的痕迹，只有风化得模糊的石造小神龛和小小的石佛。我们斜躺在旁边，任凭静寂的时间这样溜走。古老的石佛朝向越后方向，顺着他们的目光看去，日本海对面，能登半岛伸出长长的臂膀。

稍做休息后，我们去爬另一座山顶，那里竟然意外地近，距离不过 30 米左右。站在从山下看到的那样美丽的双耳山山顶，我幸福不已。

第二天，我们要从小谷去笹峰牧场，途经乙见山垭口，再次靠近雨饰山，实在是壮观。身披“布团菱”巨岩铠甲的雨饰山，昂然耸立在漫山遍野的红叶上方，显得格外威严。

有人说，爬山要留点儿念想。一次就登顶成功，莫如多次未果之后，终于登上山顶更让人回味无穷。

于我来说，雨饰山就是这样。

事后，听越后的人讲，旧时的猎人说，丝鱼川那一带，有个很有名的和尚叫罗汉上人，山顶的石像就是他亲手雕刻并一个一个搬上山的。如果说山有正面和背面的话，雨饰山的正面就是越后方向。

雨饰这个稀有的名字出自何处呢？在去小谷温泉的路上，结伴的老婆婆把雨饰山叫作“雨伞山”。一路上我都在想二者的关联，始终想不明白。还有，文政年间(1828)出版的青生东溪的著作《国郡全图》中，越后国的地图上是“雨节山”。这是雨饰山的误记，或者，雨节山才是真名？我搞不明白。算了，雨饰山这个名字，就已经足够别致，足够好听了。

三十二、苗场山

喜欢看山的人，无论从白马岳的山顶，还是从八岳、赤城山等别的山顶，都能一眼辨认出有着独特山形的苗场山。它那长长的山脊线平缓地向前倾斜延伸着。在重峦叠嶂的群峰之中，只有苗场山如同鲸鱼背一般庞大的身躯横卧其中。

如果说从东京可以看到这座山的话,可能会有人感到惊讶。但登山家木暮理太郎证明了这是真的。热衷于眺望山岳美景的木暮先生在反复尝试之后,终于证明了这一点。据说苗场山是从东京能看到的所有山里面距离最远的山。不过一年之中只有四五天能看见,所以一般的东京人没有这个缘分。

铃木牧之登上此山是在距今150年前的文化八年(1811),他与四位友人,带着仆从,7月5日从盐泽町出发,头一晚歇在三俣村。第二天早上,他请来神官做了祈祷除邪仪式之后,雇了个向导,然后去爬山。那时的登山道与现在大概差别不大。他们先登上神乐峰,然后下到鞍部,再登上苗场山顶。山顶的样子似乎让他们吃惊不小。他写道:“其绝顶绕一周据说有4千米,莽莽平芜,不见高低起伏,随处可见如山名一般的‘苗场’。其状有若农人耕作之田,杂草丛生,极似人种植的秧苗,亦有一处,仿佛取走了大半的苗床。”

牧之等人在山顶的小屋里过了一夜,一边喝酒,一边赋诗吟歌,在现在的登山者看来,真可谓是风流倜傥。第二天一早恭迎了日出后他们便下山而去了。

就这样,从德川时代①开始,苗场山便作为名山广受登山者的喜爱。山因山顶上那片广阔的湿地如秧田一样而得名——那里安

①德川时代:又称江户时代。庆长八年(1603)由德川家康在江户(今东京)开创幕府,江户时代开始。至明治元年(1868)德川庆喜献出江户城,历时265年。是日本历史上武家统治封建时代的最后一个时期。

放有保食神的铜像,还有伊米神社。

我爬苗场山已经是40年前的事了。那是大正十四年(1925)5月,当时上越线只能到沼田,我从沼田步行,越过三国垭口,沿清津川溯流而上,进入赤汤,在空无一人的赤汤歇息了一晚。第二天我原本准备从熊之沼出发上山,却找不到路,无奈返回清津川,半路上遇到了温泉旅馆上来的人。我返回赤汤,后一天早晨,按照旅馆人告诉我的路,顺利地登上了山顶。当时山上阴云密布,看不清远处的风景。5月已经过半,我在这旷野般的山顶竟然遇上了暴风雪。从那以后,我去过两次神乐峰滑雪,只是从那上面眺望过苗场山,至今还未重游故地。

三十三、妙高山

妙高山无愧于“越的中山”的称号,是越后国的名山,它还有“越后富士”之称。不仅仅在越后国,我认为它在全日本也算得上是名山。无论它匀称优雅的山形,还是它厚重安稳的体量,还有它那悠长壮观的山脚线,称作名山都是当之无愧的。

信越线的火车出了长野,驶过牟礼的隘地,来到广阔的柏原①,就能看见妙高山了。火车驶近日本海之前,它一直都在视野里。最美的山容是在关山附近看到的:正中的火山丘笔直矗立着,右边是

①柏原:日本本州中西部城市。属大阪府。

神奈山，左边是前山。这两座外轮山的山头刚好夹着妙高山的火山丘，恰似合拢的左右两襟合在脖领之前的样子。

这个中央火山丘被称为“心岳”。站在它的山顶你就明白，这么典型的圆形火山锅实为罕见。宛如唱着“猜猜背后的我是谁”的童谣转圈做游戏的孩童一样，神奈山、大仓山、三田原山和赤仓山围成一个圈，把心岳圈在了正中央。这个火山和外轮山之间的环状火山原（虽说叫原，并不大，不像原，倒像是河谷）的水汇成了两条火山口溪——也就是北火山口的大田切川和南火山口的白田切川，流过广袤的妙高原野。

或许，比起夏天，许多人更熟悉妙高山的冬天。它山麓的大斜面是我国最古老的滑雪场地，为人们熟知。我学会滑雪也是在这里。那时候，关温泉是穷学生的落脚点，赤仓温泉①则是小资阶层的下榻之地。当时还没有开发志贺高原②和藏王高原，一说起滑雪场，也就只有妙高山或五色温泉了。虽然我曾多次去关温泉和燕温泉的滑雪场滑雪，但都没有登上妙高山的山顶，充其量也就去过神奈山和前山，而妙高山就只是仰望而已了。来这里滑雪的人，看见那满是岩石的山顶，也就没有了登顶的斗志。

如今，装了索道，又有了履带式雪地车，妙高山麓装扮得五光十

---

①赤仓温泉：位于妙高山山麓，海拔 800 米。冈仓天心及与谢野晶子等为数众多的文化人均很喜欢这里。

②志贺高原：位于长野县东北部，是火山活动形成的高原地带，地势起伏，分布着 70 多个水池和沼泽。春、夏、秋之季 500 多种高山植物争奇斗艳，这些可爱的植物给游人增添了一份恬静与闲适。

色,恐怕更没有人愿意费劲去爬妙高山了。妙高山似乎成了山脚繁华的滑雪场的点缀。如果没有这美妙的点缀,妙高山滑雪场的魅力就要减掉大半了。

在避暑胜地野尻湖看到的妙高山形状稍微有点儿变形,但仍旧是装点野尻湖的一大景色。可以说,没有了妙高山,野尻湖不算什么美景。当学生时,我假期返乡,几十次从妙高山下路过。要是白天的火车再遇上大晴天,我就会从车窗里百看不厌地遥望秀丽的妙高山。

登山路从赤仓和池平这两处温泉开始,不管是经火山口溪的“北地狱口”还是“南地狱口”,山势都会在天狗坪汇为一处。再往上,就是攀登中央火山口区域。一路上都是岩石,但也不是太难爬。

山顶上都是巨大的岩石,有的高达数米。巨石间长满了越橘①和东北岩高兰②,有如毛毯一般,给人一种高山庭园的感受。

三十四、火打山

火打山海拔 2462 米,是三座山中最高的。不仅如此,从纬度上来说,往北再也没有比火打山更高的山了。除了白马地区以北,位

---

①越橘:杜鹃花科植物,原产北美,常绿矮小灌木。多生于高山苔原带。

②东北岩高兰:常绿小灌木。叶小,线形或线状长椭圆形。花小,浆果状核,果球形,紫黑色,可食。

于北阿尔卑斯山[①]脊线上的小莲华山、钵岳、雪仓岳等,火打山就是越后地区最高的山。

火打山真正的价值,要接近它才能发现。一般都是从笹峰牧场开始攀登,但是这条登山路线并不单调,有林,有坪,有池塘、沼泽,一路上变化多端。尤其令人开心的是,积雪特别多。雪让山更美。我去的时候已是 6 月下旬,山的大半仍然被积雪覆盖着。

从笹峰爬到视野极好的富士见坪,我才见识了这山的雄伟。山腰地区广阔无比,而它的上面,火打山潇洒从容、玉树临风地挺立在那里。山腰处,高谷池坐拥丰饶的平地,附近的景色也是极佳。盛夏时节,这里就是高山植物铺就的地毯。

从高谷池爬上山梁,沿山脊线去山顶的路上,爬地松粗壮的树根盘根错节,路两旁遍布着盛开的千岛樱。穿过爬地松地带,再爬上最后一段岩石遍地、雷鸟[②]优哉游哉的陡坡,就是山顶了。山顶周围盛开着深山蒲公英,角落里还有一尊石雕的不动明王[③]。

圆顶形的烧山就近在眼前。连接着金山、天狗原山平缓的山脊。烧山与金山之间,能看见我非常喜欢的雨饰山,它恭谨而持重。

---

①北阿尔卑斯山:指横跨日本富山、新潟、岐阜、长野县四县的飞驒山脉。南阿尔卑斯山,指横跨日本山梨、长野、静冈三县的赤石山脉。

②雷鸟:是鸡形目松鸡科雷鸟属动物的统称,会飞。体长约 40 厘米,善于奔走,飞行迅速,亦能在雪地上疾驰,但不能远飞,类似山鹑,产于寒冷地区。

③不动明王:不动尊菩萨,其名号梵音为 Acalanatha,意为不动尊或无动尊,教界称为“不动明王”,亦谓之不动使者。“不动”,乃指慈悲心坚固,无可撼动,“明”者,乃智慧之光明,“王”者,驾驭一切现象者。

目光再越过这些山顶,可以看到远处的北阿尔卑斯山——我有多少次从北阿尔卑斯山眺望过这火打山啊。

向南看,一眼就看到紧挨着的高妻山、乙妻山,这都是我喜欢的山。东面,这边的山更是数也数不清,其中,苗场山和岩菅山比较引人注目。而旁边的妙高山,有如一顶王冠高昂在外轮山上面。

我在战前就曾登过妙高山和烧山,而登上这三山之一的火打山,却整整晚了 20 年。这愈发让我兴奋不已。

三十五、高妻山

高妻山是户隐山群的最高峰。传说,户隐山是“手力雄神①”打开天岩户②时的石门,他将石门掷向高空后落至苇原的中之国成为一座山。看这山的传说多么古老。户隐内神社祭祀手力雄神,中神社祭祀“思兼神”,日御子神社祭祀“天钿女神”,③这些都是参与打开岩户石天门的诸神。

户隐从平安朝初期起就是神佛共祀,平安末期到镰仓中期是鼎盛期。分为内院、中院、宝光院三个建筑群,修建了许多寺院、神社,那时户隐山的繁盛不亚于高野山和比叡山。后来,战乱使户隐的大

---

①手力雄神:是日本神话里出现的大力神。

②天岩户:在《古事记》里也被称为天岩户屋,是岩石形成的洞窟,日本神话中的一个地方。

③思兼神和天钿女神都是日本《古事记》中的天神。

部分建筑化为废墟。但是,如今去中神社,仍然能够看到高高的茅屋顶式的建筑排列着,依稀往昔。

这些房屋都是神社里神官的居所,古时候也许曾经收留过山岳苦行者和修验道的行者,如今内部改造成了旅馆风格。到了夏季,避暑的人、学生团体、登山者、野营的人们就会把这里住得满满当当。这个曾经是讨厌轻井泽和野尻湖嘈杂的文人墨客静静度夏的净地,如今也和观光地没什么两样了。

高妻山海拔 2353 米,乙妻山海拔 2315 米,它们不仅是户隐、饭绳、黑姬山脉的最高峰,而且就山的品格而言,也是最上乘的。但是,爬的人却很少。古时候,这高妻山和乙妻山被称为户隐的后山,修行者来此登山参拜。把一不动明王当作转后山的起点,挨个儿爬二释迦、三文殊、四普贤,就到了五地藏岳(海拔 1995 米)。

二十几年前我曾想独自登高妻山和乙妻山,到五地藏岳时,留宿在那儿的残破的山间小屋里。可惜次日清晨大雾茫茫,几乎看不见前面的任何东西。我在那里等雾散,终究没有等到,于是只好放弃了登顶的念头无功而返了。

据说从五地藏再往上,过六弥勒、七药师、八观音和九势至,到高妻山山顶,那里原来祭祀的是阿弥陀如来。再往后,过了十一阿閦佛和十二大日如来,最后是乙妻山。山顶供奉着虚空藏菩萨①。

高妻山登顶落空之后,很长时间,我的心中一直有再次攀登的

①虚空藏菩萨:藏传佛教所供奉之菩萨,又称五大金刚虚空藏,即法界虚空藏、金刚虚空藏、宝光虚空藏、莲华虚空藏、业用虚空藏等五位菩萨。

计划,却没有机会。如今终得一偿夙愿。早上4点,从中神社的住所出发,在凉爽的拂晓中走到户隐牧场,然后从一不动明王开始登山。从那里就要沿着山脊走,道路两旁偶尔能看见石头做的神龛,这应该是以前灵场①留下来的吧。经过五地藏岳后,越过两个山包,就是上高妻山的路,那里漫长又险峻,非常难爬。终于到达山顶时,我内心无比欣喜,但再也没有劲爬乙妻山了。

三十六、男体山

我国的名山,多由名僧勘探,但此类说法大都充满了传说色彩。然而其中最具可考性的,当属日光的男体山。第一次有人登顶男体山,是在1200年前的天应二年(782)三月,由胜道上人②完成的。此次登山,古书《性灵集》中有记载,作者是空海法师。

胜道上人首次尝试登山是在神护景云元年(767)的四月上旬。他从大谷川北岸的草庵出发,直奔男体山。但是,爬山时他发现积雪过厚,岩石陡峭,加上风暴横行,无法登山,只好打消了登山的念头,回到先前发现的中禅寺湖畔,在那里住下来修行了21天后,返回了草庵。

14年后,在天应元年(781)四月上旬,他再次攀登男体山,却仍因天气的阻碍而以失败告终。可是,登顶的念头难以舍弃,次年三

---

①灵场:指祭祀仙灵神鬼的坛场,也可指温泉池。

②胜道上人(735—817):日本奈良朝至平安朝初期的高僧。

月,他又启程第三次登山。

他准是下定了“此次非成功不可”的决心吧。到了中禅寺湖畔,他念经礼佛七天,一心祈求神佛加护,然后踏上了登山之旅。胜道时年 48 岁,发下重誓:我若不至山顶,亦不能证菩提。

湖畔到山顶约有 1200 米的高差,尽是清一色的陡坡,胜道只得自己开路前行。当时残雪尚深,在繁枝杂木间攀缘前行绝非一般的辛苦可比。筋疲力尽的胜道,途中连续露营两夜,恢复点精神了,就继续往上爬,最终登上了绝顶。当时的情景,空海的文章里是这样写的:

终见山顶。恍恍惚惚,如梦似寤……一则喜,一则悲,心魂难守。

一喜一悲,心魂难守。这最后一句实在是简洁贴切。失败多次之后,终于达成夙愿成功登顶之时,“欢乐极而悲哀多”之感也油然而生,大多数登山者都有过类似的体验吧。“胜利之初的欢喜过后,便是悲凉之感。山屈服了,高傲的山顶终于屈服了。”说这话的,是首次登顶喜马拉雅山楠达德维峰的英国登山家狄尔曼。

所有的湖泊都因身旁矗立的山峦而生机盎然。但如同中禅寺湖和男体山一般协调自然,彼此相映生辉所构成的雄壮秀丽景色,可谓世间罕有。中禅寺湖作为男体山的登山正门,更是理所当然,湖畔处也祭祀着二荒山神社。

二荒山是男体山的别名,“二荒(hutara)”一词是源自普陀洛伽山吗?日光原本唤作普陀洛伽山,普陀洛伽即梵文 Potalaka 的音译,翻译过来有光明山、海鸟山、小花树山的意思。另有一说认为二荒是“hutaara”,那是马来语 putogara 的讹音。“puto”原指白色,“gara”指荒废,也就是说是“冒白烟的荒废之地”。虽说有些牵强附会,但是,说二荒山是因火山喷发而荒废的山,这对于尝试用南洋语系解读日语的人来说,是值得一顾的说法。

男体山这个名字又是源自哪里呢?我认为,自古以来,我国习惯将两峰并列的山,一座当作男神,一座当作女神。常陆的筑波山和丰后的鹤见岳之类正是如此。诸国常有的二上山,其实就是二神山。男体山也与此相同。它虽然不是双峰,但与同一山脉的女峰山遥相呼应,应是由此得名。况且男体山和女峰山的中间,还有大真名子山和小真名子山(“真名子”或是“爱子”之意吧),稍往北些的地方还有太郎山——俨然就是一家子。如此想来,格外有趣。这五座山的山顶都有神龛,过去,所谓的转山修行者们常来巡礼。

我在昭和十七年(1942)8 月 5 日登上了男体山。特地选在这一天,是因为适逢二荒山神社奥宫登拜祭的高潮,神社大殿旁边的登山口开门了。并且,我认为这条主登山道最接近胜道上人的登山路线。沿途格外陡峭,从湖畔到山顶需要一路攀爬。将行程划分成十合目的话,走到第三合目方能从树木的间隙中俯瞰中禅寺湖——山顶呈细长的镰刀状展开,下面是凹陷数十丈深的炸裂火山口。男体山这粗犷的一面,从湖畔往上看,是无法想象的。

86

三十七、奥白根山

奥白根山位于上野国与下野国的国境线上，一般人们大多会从下野的日光市开始攀登，但山的正面登山口应该是上野一侧。根据《日光山志》的记载，上州的人们在此祭祀着荒山之神，把它当作土地神来崇拜。这里的养蚕业十分兴盛，每年各家都会带着新茧中抽出来的蚕丝登山祭拜。这些丝线被人们编成了注连绳[①]的样子，紧紧相连，从远处看来，就像拉起了一条长布一般。从地图上来看，从上野一侧的登山路会经过远鸟居、不动尊、六地藏、赛碛（冥河滩）、血池地狱、大日如来等地点，由此便可以感受到，当年在这里登山有多么盛行。然而现在连痕迹都看不到了。

我是从日光一侧上山的。

我们沿着白根泽的陡坡向上爬，到达前白根山的山顶之后，奥白根山便高高地耸立在眼前。日本山岳会的老前辈高野鹰藏有一篇奥白根山的登山游记，就像明治时代那些大量使用华丽辞藻的纪行文一样，他这样描写自己从前白根山看到的奥白根山：

它突兀地挺直了赤黑的上半身，就像一个老艄公，任凭风吹浪打，光着膀子，露出隆隆筋骨，眺望着海上驶向远处的一叶扁舟那样，伫立在礁石林立的岸边。

---

①注连绳：代表神圣物品的界限，可能在鸟居门上，在神树和石头附近等地方出现。

从前白根山向下走，就会来到一片像是火山口平地的草甸。路途中会俯瞰到五沼湖。它在《日光山志》中被称为“魔湖”，四周群山包裹，湖水深不见底，给人一种凄凉悲怆之感。

从火山口草甸往奥白根山去是一路的陡坡。爬山的人们气喘吁吁地穿过林带往上爬，不多时便会踏着嘎吱作响的沙砾进入高山地带，最后便是散落着巨石的山顶。

奥白根山的山顶有些异样——这里就像蜂巢一样凹凸不平，不知道哪里才是最高点。小火山口的痕迹遍布山顶，它们四周是错综复杂的小石丘。其中一座小丘上建有一座寒酸的小祠，供奉着白根山神。稍远的小丘上设有侧地标的三角点，那里大概就是最高点了吧。

山上光主要的火山口就不下五个。这些火山口清楚地诉说着这座火山曾有过多么猛烈的喷发。根据现存的有关记载，这座火山第一次喷发是在宽永二年（1625），其后也不时地喷发，进入明治时期之后就喷发了6次之多。其中最后的一次喷发在明治二十二年（1889）10月4日。那天，山上突然远远地传来了雷鸣般的巨响，山脚下的人们因为害怕再次发生磐梯山[①]那样的惨案，纷纷避难，所以最终，火山喷发并未造成多大的灾难。

下山时我取道上州一侧。山顶面向上州一侧的山路有大面积的崩塌，叫作“御釜大裂口”，是明治六年（1873）火山爆发的时候留

①磐梯山：位于福岛县耶麻郡的火山。1888年，火山喷发引起了山崩，死亡人数高达477人。

下的。从下面的山路往上看,这片大塌方实属壮观——两侧是如同刀削一般的绝壁,犹如身处十八层地狱一般。继续下山,直到一个名为七味坪的赏心悦目的小草原之后,便是林带。从树梢之间回望奥白根,它就像一堵高墙,一排巨大的岩石,屏风一般屹立在那里。

三十八、皇海山

我第一次知道皇海山①这个读法甚为奇特的山名,是大学时代在木暮理太郎先生的写生《从东京能看到的山》中。它在赤城山②和男体山之间,处于绵延起伏、重峦叠嶂的群山深处,露出宛若牛背般厚重的山容。

今天,这样的山在日本已经几乎不存在了。但是,在日本众多已经被开发的山中,皇海山可算得上少有人爬的山了。在木暮先生的登山记开篇中有一段话,说:

很多人会问"皇海山在哪里啊?"恐怕连名字都是第一次听到吧。这倒也没有什么可奇怪的。它又不是日本阿尔卑斯山③,这山少有人提。就连那些一心要找没人爬过的2000米以上好玩的山的怪家伙们,也要像抓跳蚤似的,睁大眼睛盯着地图仔细查找半天才

---

①皇海山:位于日本栃木县西边与群马县交界处。

②赤城山:详见本书第40章。

③日本阿尔卑斯山:日本中部地区南北相连的飞騨、木曾、赤石山脉三大山脉的总称,且均由海拔3000米以上的群山连绵而成。

能发现。

这句话即便是过了40年，今天依然适用。皇海山现今依然默默无闻。但我选择它，并不是出于执拗地要当第一个爬它的人，而是因为它是一座气势巍峨的山。从地图上由东京看过来，皇海山横向很长。但我第一次近处亲眼看它时，它横向紧致，拔地而起，潇洒的线条从山顶直落山下的溪流边，很有气势。不由得让人想向它脱帽致敬。

在皇海山前有一座山叫庚申山①，曲亭马琴②的《南总里见八犬传》中就提到了它。庚申山是日本关东地区有名的信仰之山，德川时代很兴旺，而它的“后殿”便是皇海山。直到今天，皇海山顶东面还供奉着青铜剑，刻有“当山开祖木林惟一”，日期为明治二十六年(1893)7月21日。木林惟一是东京庚申讲③的修行导师，是他开辟了从庚申山到皇海山的山道。

也许在盛行参拜庚申山的德川时代，就有通向“后殿”皇海山的山路。但明治十二年(1879)编纂的郡村志上说：“峻拔而高度不详，险峻而无路可登。”所以，有可能是德川末期道路消失，到明治中期再度兴盛的。但兴盛过后又中断了，以至于大正时期的木暮先生那时就找不到路了。登山盛行的今天，尽管它有了固定的登山路

---

①庚申山：位于日本枥木县西部与群马县的交界处，海拔1892米。

②曲亭马琴(1767—1848)：日本江户末期的通俗小说家，著有《南总里见八犬传》。

③庚申讲：起源于中国道教，平安时期传入日本，江户时期发展成为日本各地的民俗信仰。

线,爬的人却还是寥寥无几。这么说,是因为就连 5 月的黄金周,朗朗晴空下,来皇海山登山的却只有我们这一行人。这也许是由于皇海山地处群山深处的缘故吧。我们先登上庚申山,从这里再跨过十来个小山头到达锯岳[①]。途中经过的每个小山头都有它的名字,这便是当年宗教登山的痕迹。从锯岳先下到山鞍部,再一路爬到皇海山的山顶。

山顶是个林木环抱的寂静的小平地,视野不够开阔。有幸的是从庚申山来皇海山的途中天气晴朗,我们得以饱览沿途风光。近处有奥日光[②]、上信越[③]的群山,远至日本的北、南阿尔卑斯山,就连富士山都能收入眼底。我们的脚步,时不时因而愉快得忘记了前进。

皇海山向南,经六林班垭口连接袈裟丸山[④]。向北跨三俣山[⑤]延伸到宿堂坊山、锡岳山、奥白根山[⑥]。这条由南向北绵延起伏的山脊上只有一段有路,其余大多都要和灌木丛经历一番苦斗。也正因如此,皇海山仍然是一座保留着原始自然风光的山峰,它对那些想探索“被埋没的山”的人来说,就是一个趣味无穷的大舞台。

---

①锯岳:海拔 1998 米,地处庚申山和皇海山之间。
②奥日光:日本栃木县西北部的地区名,包括男体山等。
③上信越:指上信越高原国立公园,跨日本群马、长野、新潟三县。
④袈裟丸山:横跨日本栃木县日光市、群马县沼田市、高田市的火山。
⑤三俣山:与宿堂坊山、锡岳,均位于日本栃木县与群马县交界处。
⑥奥白根山:指日光白根山。

三十九、武尊山

武尊山自古以来就是宗教之山,从它最高峰的山顶立有刻着“御岳大神”字样的石碑,剑峰的山顶祭祀的普宽灵神等都足以说明。自古以来,凡是修行者朝圣的山都有着相同的特点——大抵都有险峻高大的岩石。爬这些险要之处,就是修行。关东的两神山、庚甲山,信州的户隐山,关西的大峰山等,无不如此。而且,在险要的岩壁地段,都有夸张的铁索和铁梯。与其说是为了让人容易攀爬,倒更让人觉得是为了唤起参拜者的敬畏之心而故意为之的,就好像是专门挑在险峻之处修路一样。

参拜者登山的正面起点叫花开口。听说村边的小神社里,以前挂满了参拜武尊山信徒团队的许愿牌。神社旁的花开石上刻有“石纹如花开,故名花开石”的字样,这石头也有和日本武尊相关的传说。

在山路途中有一个闭关堂,直到大正初年尚在。内有两尊石佛,其中一尊背面有“御山开辟者木食上人普宽行者”的字样。据此,我们可以认为武尊山的开山之祖是普宽行者。山谷间清澈的溪流,传说是身着白衣的信徒斋戒沐浴的场所。

6 月,白天长,山上也没那么冷,而且离登山旺季尚早,是最佳的选择了。只不过,6 月有一个缺点——梅雨让人烦心。还好,梅雨也不会是一个劲地下,总有放晴的时候。于是,瞅准了个晴天,我便与妻子一道出发了。

人过中年的我俩，不喜欢强行军式爬山。为此，提前做好了露营的准备，什么时候黑了就歇息，不打算一天纵贯山梁。为了爬得轻松一点，我们将出发点选在了海拔较高的上之原的国铁山之家。也就是说，我们是从武尊山的后山上山的。花了比腿脚好的人多一倍的时间，我们先登上了最高峰“冲武尊”的山顶。在这里欣赏过美景之后，我们就开始沿着长长的山梁走。

在川龙岳，我们还下到了长满大叶矮竹的半山腰，然后又登上了“家之串”山。山名中的“串”字，意为“屋脊”，估计是因山的形状而得名的。上州的袈裟丸山也有相同的地名。从那里一直到剑锋都是陡峭狭窄的岩脊，不时还有铁索。对我而言，这都不算什么，但着实让很少爬山的妻子心惊胆战。

在前武尊山顶上路分成了两条：花开道和川场道。我们取道后者，没承想异常难走，结果还没等下山天就黑了。摸黑下到山涧旁，发现一间无人居住的小屋，便在那里过了一夜。第二天下到了川场温泉。从头到尾一路走来，静悄悄的，没有碰见一个其他的登山者。

四十、赤城山

登赤城山与其说是去登山，倒不如说是去游玩。它是一片广阔的游乐园，山上的火山口湖——大沼湖，便是整座游乐园的中心之所在。围绕大沼湖，黑桧山、地藏岳和铃岳三座山呈鼎足分布。虽说黑桧山已是最高峰,但是从湖畔爬到峰顶也不到两小时。峰顶是草地,远眺极佳。

想爬山的人可以爬黑桧山或者地藏岳,不想爬山的人可以漫步湖畔,亦可以稍微走远一点前去小沼湖,无论怎么安排,一天下来都收获满满。群山环绕的小沼静悄悄的,湖面清澈如镜。它太过明亮又太过安静,反倒让我觉得有些发瘆。据说以前这湖的周围长满了参天大树,即使是白昼光线也有些微暗。还有传说湖底住着一条美人变的巨蟒。

仰望着这壮丽的棱线,熟悉这片山地的人,可能会由低到高依次辨认出锅隔山、荒山、地藏岳、长七郎山、驹岳、黑桧山。尽管这些山错落不齐,但对于承载它们的赤城山来说,丝毫也不影响它优美的延展。

大沼湖畔建有赤城神社,这里供奉的赤城神,在仁明天皇承和六年(839)6 月,曾被授予了“从五品下”的赠衔,可知其历史悠久。该神社的具体创立年份不详,但有人说是大同年间①。单从赤城神社在关东地区各地拥有的众多分社这一点,便可领略它受人尊崇的程度。但现在,这里已几乎感受不到宗教的气息,取而代之的是一座洋溢着现代气息供人信步漫游的山。不光在春秋季等旅游黄金期,冬季前来滑雪的游客也是络绎不绝。第一位将赤城山开发成滑雪场的人是猪谷六合雄先生。他曾在大沼湖畔的大洞开有一家猪

①大同年间:公元 806—810 年,平城(774—824)、嵯峨(786—824)天皇时代的年号。

谷旅馆。猪谷先生是个先行者,当跳台滑雪在日本还很少见的时候,他已经自行在地藏岳的东侧设计修建了滑雪跳台。那时有"滑雪界麒麟之子"之称的天才少年猪谷千春①等人还尚未出生。

猪谷先生不光早早就为赤城山修建了滑雪场,还是为这片地区带去了近代化气息的第一人。那时聚集在赤城山的人大都期待着一见猪谷先生。作品《焚火》中出现的 K 就是那当中的一人。

在我的学生时代,去赤城山是喜欢旅行的学生的一种风气。

那是大正末年,猪谷旅馆还在的时候。虽然现在从箕轮②进山已不是什么难事,但在当时,要进山还需要从水沼站出发,翻过鸟居垭口,才能到大沼湖畔。我们曾去爬过黑桧山,也曾漫步于大沼湖畔,归途也曾取道敷岛;我们也曾经过二本楢,下山到片品川一带。那年代的赤城山十分幽静,无论选择哪条线路,都几乎不会遇到其他的登山客。

四十一、草津白根山

名为白根的山,除了南阿尔卑斯的白根三山(北岳、间岳、农鸟岳)之外,还有日光白根和草津白根。白根,不用说是从白峰或白

---

①猪谷千春:日本前高山滑雪运动员和奥运会银牌得主,也是亚洲在冬季奥运会上的第一个获奖者。2005 年 7 月在新加坡举行的国际奥委会第 117 次全会上,猪谷千春当选为国际奥委会副主席。

②箕轮:即箕轮城,日本一座城堡的所在地,位于群马县高崎市箕乡町东明屋、西明屋。日本国内指定史迹。日本 100 名城之一。

岭来的。

天保九年(1838)夏,儒学家安积艮斋从草津出发,花了一天时间往返去登白根山,并写下了长篇游记《登白根山记》。那时他年近50,同行的少年只有13岁,可见白根山对许多人并不是一座很难爬的山。现如今,从万座出发,也还能看到有老奶奶和小孩们一路嬉戏着很享受爬山的样子。

艮斋在文章中说:“环池诸峰皆硫气熏蒸之所,或黑或赭,骨立无肤,草木绝而不生,极尽怪异卓伟之状。”“骨立无肤”这个形容很是精妙。他大概想说,火山喷发,烧毁了山上的一切,只剩下了“骨头”,“皮肤和肉”都没有了吧。

草津白根山是那种不登临绝顶就无法体会它的壮美的山——它连个像样的山顶也没有。高高低低的山脊线围着火山口,其中的最高点就是山顶了。这座山的特色,与其说是山顶,不如说是断崖构成的火山口壁和火山口湖。火山口中并排有三个湖,中间最大的叫作汤釜。湖水白浊而泛碧,颜色奇美。登上火山口区域,汤釜湖倏尔显现在眼前时,没有人能忍住惊呼。那才叫惊艳。

往南3千米有一个本白根山,比这里要高出十多米,也许应该把它视为草津白根山的主峰。然而,游客看到汤釜的风景已经很满足了,很少有人再去本白根山。其实,从这座山底下的弓池出发进入森林带,不足一个小时就能爬到本白根山的山顶。

本白根山的山顶属于高山带,长有爬地松和越橘。站在山顶向下看,首先会被眼前异常壮观的六里原所震撼——一眼望不到边的大原野，起起伏伏延伸到远方。而远处，浅间山如帝王一般耸立在那里。

这里的山顶也有个大火山口，但早已不是活火山，灌木丛生，布满岩石。看到它，不由得让人联想到古代罗马的圆形剧场。火山口区域内看客涌动，火口底正在上演激烈的猛兽争斗。如此联想也毫不违和，因为这火山口就是个浑然天成的圆形剧场。

我初次攀登草津白根山是在 6 月。那时从信州的须坂[①]出发，坐上宣传词为“走在云端之上”的巴士——真如其所说，从云端之上到了万座。万座温泉海拔 1740 米，作为一个全年营业的温泉，它大概是日本最高的了吧。

从万座出发，走在树下长满山白竹的原生铁杉林中，婉转的小鸟叫声不绝于耳。不久，我就走出林带，来到一片开阔的高原——前面就是弓池。

被火山烧得“骨立无肤”的白根山就在眼前。

我爬完白根山，顺道也去爬了本白根山。下山时，我取道草津，下到积雪残留的峡谷，不久，就到了硫黄矿山。从那儿一路下了犬牙交错的 Z 字形陡坡，横渡“杀生河原”的小河，就来到了草津滑雪场“天狗原”的大斜坡了。

到这里，温泉镇就不远了。

①须坂：即须坂市，是日本长野县北部的市。

四十二、四阿山

近来好像没人理四阿山了。不过对于我们这些穿着草鞋、打着绑腿的登山老男孩来说,四阿山可是必登的一个。和我关系亲近的前辈黑田正夫先生、藤岛敏男先生和田边和雄先生,都是在大正时代就登过四阿山了。他们登过之后,都说是座很不错的山。虽然可能不太适合使用冰杖、绳索的登山党,不过也是个能感受到典型日本情趣的山。

据同时代的书中记载,在信州一侧的山脚下,人们也将四阿山叫作“四河山”。人们曾怀疑是否将四阿的“阿”字误看作“河”了。不过后来大家明白了——从这山流出的河,大体上向四个方向分流,所以叫“四河山”。但是有些人又想,那是不是人们将“四河”误记为“四阿”了呢？肯定不是那样的,因为“四阿”这个名字在天保年代①的《富士见十三州舆地全图》中就已经有了。不,应该远比这早。据说在山顶神龛里供奉的神镜上,文安三年(1446)的铭文中就有。

自古以来四阿山就是如此受人尊崇。细长的山顶两端,分别有朝向信州方向的信州神祠和朝向上州方向的上州神祠。信州神祠

---

①天保年代:天保是日本的年号之一。在文政之后、弘化之前。指1830年到1844年期间,这个时代的天皇是仁孝天皇。

供奉着日本武尊、弟橘姬和伊邪那美①,上州神祠则供奉着大己贵命②和须势理姬命③。祭的什么神有不同说法,就不细说了。

到底是什么神,现在的人们不感兴趣的。

早上8点左右,我们一行三人一边担心着乌云密布的天气,一边从菅平的民宿出发了。民宿的主人是一位年轻的滑雪选手,他说自己从未去过雪天的四阿山,便跟着我们一起来了。我们渡过大明神泽,来到了一处宽阔的斜坡,再绕过海拔1917米的三角点的山腰附近,就到了云层之上,美景一览无余。此时此刻,无论是滑雪人群还是下界的种种景致都远远离去,陪伴我们的,只有那连绵不断数也数不尽的群峰。

越过被称为"小四阿"的前山之后,是一处累得人气喘吁吁的陡坡。爬上陡坡,坡度渐缓,广阔的平原展现在眼前。

后面的山路可真长啊。

当我们终于可以看见尽头那乳头状的山顶时,都一咬牙,终于还是爬了上去。

这个山头上是上州神祠,沿着白雪覆盖的细细的山梁往前走一段便是信州神祠。两个神祠都有环砌的石头,一半已埋在雪里。我们的眼底下就是根子岳,还有土锅山、御饭岳这些带着菜品味道的

---

①伊邪那美:又称伊弉冉尊。日本神话中的母神,也是黄泉污秽之女神,日本诸神是她与其兄伊邪那岐所生。

②大己贵命:日本大国主命,亦称八千矛神、大物主神。日本古代"出云神话"的中心神。

③须势理姬命:须佐之男的女儿,是个忌妒心很重的女神。

山岳，在这里，上信国境上连绵的群山都看得一清二楚。

山顶上的风很冷，让人无法久待，只得离开。当我们下山到不得不剥掉上山时裹在滑雪板上防滑的海豹皮时，我的眼睛还是久久舍不得离开周围的美景。

四十三、浅间山

没有哪座山能像浅间山一样与艺术有缘。即使到了近代，它还是频频出现在岛崎藤村①的诗歌里，出现在堀辰雄②的文章里，还有梅原龙三郎③的油画中。

我国的火山，以浅间山与阿苏山最为典型。不知它们是从何时开始喷发的，到现在仍不停地吞云吐雾。浅间山和喷发现象是一同出现的，如今仍然因喷烟而驰名天下。平常它的喷烟如轻薄的白云般氤氲温婉，但时不时也会忍不住大闹一场。据说仅在最近这20年间，大大小小的爆发就多达1800余次。如果追溯到古代，浅间山的喷发应该是数不胜数了。其中最有名的便是天明三年（1783）的火山大爆发，流淌的岩浆绵延了数千米，给山脚一带造成了巨大的

---

①岛崎藤村（1872—1943）：诗人、小说家。以浪漫诗集《若菜集》开创了日本近代诗的新境界，以小说《破戒》成为日本自然主义文学的先驱。

②堀辰雄（1904—1953）：昭和初期的新心理主义的代表作家。代表作有《圣家族》《起风了》等。

③梅原龙三郎（1888—1986）：具有西方风格的日本画家，其作品色彩鲜明、笔法生动。名作有《戴软帽的妇人》《颈饰》等。

灾难。现在的景点“鬼押出”就是那次火山喷发留下的。

攀登日本中部地区的山时，不管它是哪里的山，都能看见浅间山。凭借它山形巨大，孤立高耸，还有它升腾起来的标志性烟雾，人们立刻就能找到它。寒冬时节，从横手山顶看到正对面湛蓝天空下的浅间山，喷着像卷心菜一样的烟雾。晚秋，从八岳①的山顶，隔着佐久平，暮色渐浓时节，浅间山就像一幅巨大的剪影。没有哪座山像浅间山这样不论从哪儿都能望见。冬天的清晨，如果天气晴朗，从东京郊外也能认出它来。反过来说，再也没有像它这样好的眺望四周山峰的瞭望台了。日本阿尔卑斯、秩父、上信越和日光，站在浅间山顶，都能一一辨认出来。

我第一次登浅间山是在读旧制高等学校一年级的夏天，从小诸②连夜爬的。一般人从“峰之茶屋”开始爬的那条路，踩着沙沙作响的沙砾走很单调。而我从小诸爬的这条路，仰视着牙山和黑斑山等山脉岩壁，穿过长满高山植物的汤平高原，是一条风景多变的快乐小道。从那儿一直上到圆形的山顶——至今我仍记得在山顶火山口的岩壁旁，遇到喷烟袭来而四处逃窜的情景。

战前，我曾在追分町③过了一个夏天。是住在驿站别院“油屋”

---

①八岳：横亘在日本关东地区西侧的山梨县与长野县之间的火山群，由八座山峰组成，是著名的旅游胜地。

②小诸：即小诸市，是位于日本长野县东部的一个市，这里在江户时代之前曾经是个繁华的城下町（战国时代、江户时代以大名所居住的城为中心而繁华的市街）。

③追分町：为过去位于北海道胆振支厅东部的行政区划，位于室兰本线和石胜线的交会处，因此名为“追分”（道路分岔的位置），一度因铁路而繁荣。

的堀辰雄君帮我在他隔壁曾经是妓楼的老屋二楼租了一间房子。从二楼放有桌子的低矮的窗户望去,浅间山三角形的剑锋历历在目。那个夏天,我几乎走遍了浅间山的周边。还登上了小浅间山和石尊山(寄生火山①的一种)。我也多次去平坦开阔、坡度适当的山脚下的原野里转悠,试走落叶松林里的旧草津官道。

而所有这些逍遥自在的前提,就是浅间山。

四十四、筑波山

把筑波山选为日本百大名山之一,估计会有很多人不服:海拔还不足1000米,如果这么普通的山也被选入,那比它更合适的山有的是!

但是,我之所以推举这座山,原因之一,就是它悠久的历史。传说古时候,御祖之神②巡游诸神之地,在日落之时来到了富士山想要借宿,富士山神以斋戒为由将其拒之门外,御祖之神大怒,厉声呵斥道:“从今以后,我要让你的山无论冬夏终年积满雪霜。”他撂下这句话东去,来到了筑波山。筑波山神热情迎接,好吃好喝款待了御祖之神。御祖之神非常满意,说道:“你的山会与日月同福,善男信女会接踵而来,供奉不断。香火代代不绝,千秋万代,欢乐无极。”

---

①寄生火山:指附着在大(老)火山锥上的较小(新)火山。

②御祖之神:日本众神的祖先。

这是奈良初期《常陆风土记》[①]中的记述。这个故事恐怕更早之前就在常陆地区[②]的人们中口口相传了吧——他们或许是偏爱自己跟前的筑波山而故意调侃富士山的。

正如《常陆风土记》中记载的那样,从那时起,前来登山的游客络绎不绝,关东各国的男女相伴前来游山玩水,春游百花,秋赏红叶,在山上野餐,载歌载舞,尽情游乐,还有人夜宿在山上。甚至有这样的说法:没有爬过筑波山并在集会上被男子求过婚的女人,就不能算是成人。

一般认为,我国最早的登山活动是由于宗教信仰,但像筑波山这样的娱乐登山怕是紧跟信仰之后就已经开始了。

与山部赤人[③]一样写过富士山长歌的高桥虫麻吕[④]似乎十分爱山,《万叶集》收录的他的 36 首诗作中,与山有关的多达 15 首,写筑波山的有 3 首,其中一首如下:

枕草羁旅满忧愁,无以慰情登筑波。

尾花散落师付井,寒雁飞来不绝鸣。

---

①《常陆风土记》:日本古代常陆地方志,推测为藤原宇合于 713 年奉旨编撰的风土记之一,723 年前后成书。

②常陆地区:即常陆国,古代日本令制国之一,属东海道。俗称常州。关东最东端的东海道之国。

③山部赤人:生卒年不详,奈良前期的官员、歌人,三十六歌仙之一。擅长写景,属宫廷歌人,与后世的柿本人麻吕并称为歌圣。

④高桥虫麻吕:生卒年不详,奈良前期的官吏、歌人。著有《高桥虫麻吕歌集》,其中取材于传说的和歌多收录在《万叶集》中。《万叶集》有日本的"诗经"之称。

新治鸟羽淡海国,秋风起兮白浪涌。

多日郁积顷刻消,筑波山头好风景。

尾歌:

秋来筑波岭,吾妹刈田忙。

聊以表寸心,手折枫叶黄。

这是首秋天的和歌。第九卷中还有虫麻吕写草木茂盛的盛夏时节流汗登山的和歌。

从那时到如今,以筑波山为题材的诗歌已是数不胜数。终年积雪的富士山与紫气升腾的筑波山,作为关东地区的两大名山,不仅是吟诗作对的好题材,也是常与东京配对的绘画题材。即便是大气污染严重的现在,要说从东京的高层建筑上能看到的独立的山,也就是富士和筑波。大正初期,一个青年从乡下来,住进了"本乡向之丘"的宿舍,早上打开窗户,突然大叫:"啊! 能看到富士山!"但那却是筑波山,引来大家一阵哄堂大笑。但这也足以说明,位于常陆平原中央的筑波山,确实比想象的要高。有几次我也甚至怀疑自己的眼睛,从关东地区周边的山上远眺时,好像看到朝霭之上有山峰高高耸立,但是那种地方不可能会有如此高山呀,我随即恍然大悟,那就是筑波山呀。

白天坐东北线的火车时,我最期待的是看筑波山。山顶是个双山头,而形状最美的时候,便是火车通过"间间田"与"小山"之间的时候。过了小山,到小金井的这一段,二峰之间间隙过大,刚才那种紧致的感觉就没有了。

自古以来,筑波山这样二峰并立的美景,便被认为是男女山神而备受崇拜。世人以东峰为女体山,以西峰为男体山,分别把两座山峰当成是伊邪那美和伊邪那岐①两位天神,进行祭祀供奉。

正因为历史悠久,筑波山名字的由来也众说纷纭。有说法称,从常磐线②的石冈一带望去,两座山峰刚好重叠,合二为一,看起来就像尖锐的山峰直刺云霄,因此,阿伊努语中"筑波"(tukuba)即表示"耸立的山峰"。另外,《万叶集》中是用清音(tukuha)来标注"筑波"的读音,所以就有人认为,这是由南洋语系中的占族③语演化而来的,"tuku"表示"月",因为这一地区有月神镇守,于是就有了"tukuha"这一名字,意思是"月神所在的平原"。最初是附近一带的地名,后来逐渐演变成了山名。

四十五、白马岳

"白马岳"这个名字的由来,据说是因为在山的一角,残雪融化后露出的痕迹像一匹马。二十几年前,我的朋友田边和雄④在5月下旬去山麓时,听说了这个古老的传说,就赶到那里去寻找,并找到

①伊邪那岐:《古事记》和《日本书纪》神话中记载的男神,与伊邪那美一起缔造了日本国,生下诸神。

②常磐线:东京都日暮里和宫城县岩沼之间的铁路线,为旧国铁路线,全长343.1千米,纵贯茨城县和福岛县沿海地区。

③占族:印尼人的一支,分布在越南、柬埔寨等地区。

④田边和雄(1900—1961):日本大正到昭和时代的登山家、植物学家。

了这样神奇的“代马”，用相机照了下来——在主峰很靠右边的小莲花峰右山肩旁，有一块残雪中裸露出的地面，形状犹如黑马。

还有一种说法是，在主峰和小莲花峰连接的山鞍部左下方，残雪中间有一块地，就是那马。无论哪种说法，如果没有人当面指点，很难分辨出其形状。但对于在山下辛勤耕作的农夫们来说，它确实是清晰存在的农耕指南。等到登山者较多的 7 月，雪大部分已消融，就完全看不出马的形状了。

我国的许多高山，都会在山顶建造神祠用来祭祀，但白马岳却没有。史书里也没有记录歌颂这座美丽山峰的诗歌。直到明治二十七年(1894)韦斯顿①站在这山顶之前，这里恐怕一直是只有挖草药者和猎人的原始山林吧。

韦斯顿是从莲花矿山登山，于大雪溪下山的。

日本登山家中最先登上此山的，是河野龄藏②和冈田邦松氏等一行人。他们于明治三十一年(1898)登山，次年才开始有关于白马岳的记事问世。白马岳这么晚才被世人所知，大概是因为地处偏僻吧。现在坐一晚上的火车就可以到达山下，但在半个世纪以前，到信州深处的北安昙③旅行的人一定很少。

---

①韦斯顿(Waiter Weston)：被誉为日本近代登山之父。于明治到大正年间三次以英国教会传教士身份到访日本，一生极其喜爱日本，攀登过日本多座山峰，著有《日本阿尔卑斯的登山和探险》等书籍。

②河野龄藏(1865—1939)：日本明治到昭和时代前期的登山家和植物学家，著有《高山研究》等书籍。

③北安昙：为日本长野县的一个郡，简称北安。现管辖有一町三村。

最近到白马岳山麓滑雪的人变多了。当然,大部分人都并不想爬山,而是坐缆车上去,专门享受滑降的乐趣。即使这些与登山无缘的滑雪大众,在眺望“白马岳、勺子岳、枪岳”这银装素裹的白马三岳时,也不能不被它的圣洁之美所打动吧。

四十六、五龙岳

从北安昙眺望后立山连峰,有一座不是很高,却有着雄伟山容和险峻山脊、沉稳而厚重的山,这就是五龙岳。

过去,越中①一带把它叫“饿鬼岳”。前田氏②的藩政时代,以巡视深山为名,多次向信越国境的群山派遣调查队。元禄十三年(1700)的《奥山御境目见通绘图》中就明确记载着饿鬼岳的地理信息——这是关于它的最早记录。此后的绘卷中,也都保留着饿鬼岳的叫法。

在日本,以饿鬼作为地名的大都是岩石险峻的去处。过去,走过后立山连峰来到五龙岳的人,看见它那粗犷的磊磊岩石,都会心想,称其为饿鬼岳也是理所当然。后立山连峰这个叫法,是在北阿尔卑斯山对普通登山者开放后才产生的通用叫法,江户时代的绘卷里也记载着后立山的名字。但那是从立山看过去,将黑部川对岸的山称作后立山的。

---

①越中:日本旧国名,今富山县全境。

②前田氏:是日本的一个氏族,在江户时代成为藩主。

中岛正文[1]对于这方面的古老记录颇有研究，借用他的说法，"自古以来，针之木垭口以北与饿鬼岳之间有数座山峰连在一起，只有其中最高的那座唤作后立山，其余的则作为无名之山，包含于后立山名下——也许，这正是导致后来弄不清后立山到底指哪些山的原因"。

信州一带，在战国时代属于武田信玄[2]的势力范围。传说由于山中残雪的形状酷似其家纹武田菱[3]，故称之为御菱（goryo），其后转化为 goryu 了。但此说并无文献可考。山下居住的人，把这山叫"割菱之首"。

将"goryu"借用汉字标为"五龙"的，是明治四十一年（1908）7月最早登上这座山的三枝威之介[4]。此后，五龙的叫法便不可动摇。对于这座从不轻佻媚俗，坚实牢靠的山而言，五龙这个稳重的名字恰如其分。

过去的"饿鬼岳"被五龙岳取代以来，饿鬼之名仅在发源于此山的饿鬼谷中得以保留。饿鬼谷右边虽然有一座海拔 2128 米的山峰唤作饿鬼山，但那是没办法处理这自古以来的名字，顺手就给了这座山的吧。（燕岳北边也有一座饿鬼岳，同此处毫无关联。）

五龙岳北边的不归崄和南边的鹿岛枪岳，它们东面的岩壁在近

---

①中岛正文：日本山岳会成员、山岳研究家、俳句诗人，富山县图书馆协会会长。

②武田信玄（1521—1573）：日本战国时期甲斐国著名政治家、军事家。

③武田菱：武田家家纹。由四个小菱形组成的菱形图案，各菱形紧凑相连。

④三枝威之介：亦作三枝威之助。登山家，五龙岳的汉字命名者。

年以来，作为攀岩修炼地而引人注目。与此相比，五龙岳的东面却意外地被忽视，大概是缺少能够吸引攀岩者的岩壁吧。

想要直接上五龙岳，需从信州的神城出发，途经远见山脊抵达白岳，从那里开始登顶。如果要由越中一侧登山，则从饿鬼谷上游的大黑山铜矿遗址出发。这条路线是过去的登山者所选的道，而现在却几乎无人问津。一般只打算登顶五龙岳的人很少，大多是为了纵贯后立连峰才踏上五龙岳的。

我在 30 年前初次站在五龙岳山顶的时候，也是在纵贯途中。现在的纵行路线避开了五龙岳的山顶，而从信州一侧绕路。但是，我还是推荐大家，务必来一趟，一定要踏上这雄伟的顶峰。

四十七、鹿岛枪岳

我非常喜欢鹿岛枪岳。

站在高处看见北阿尔卑斯连峰的时候，我总是先找拥有双耳峰的鹿岛枪岳。南枪与北枪①拔地而起，连接两峰的山梁略带弧度。美得很有品位，百看不厌。同样是美，但它不是笠岳②的端庄，不是药师③的雄伟，也不是剑岳④的险峻。它的美，不是现成的词句能形

---

①南枪与北枪：指鹿岛枪岳的两个山尖，南侧称为南枪，北侧称为北枪。

②笠岳：飞驒山脉南部的山，详见本书第 57 章。

③药师：即药师岳，日本富山县富山市东南部的山峰。详见本书第 50 章。

④剑岳：横跨富山县上市町与立山町的山峰。详见本书第 48 章。

容的那种世俗的美,也许该叫“有范儿”吧。有范儿却不轻薄,谦逊得使那些粗略打量群峰的人很容易将它忽略,可一旦懂了它的魅力,就会喜欢得不得了。

它的魅力,在于北枪、南枪及之间的山梁“吊尾根”。尤其是侧观或者沿山体走向纵观时,那原本稍显冗长的两侧山脊线缩短了,更有一种紧致的美感。

这山最适合从信州一侧看。从越中一侧,比如从立山连峰看的话,会觉得少了一丝韵味。原本颇有魅力的“吊尾根”会显得松弛。从信州一侧任何地方看都好。给我印象最深的,是那次沿着丝鱼川官道的湖畔行走,忽然看到湖水尽头被前山截住,前山之上,两枪山头笔直地昂着头时的情景;还有,站在五龙岳的山顶之上,隔着深谷,正对面双峰之间的“吊尾根”在流淌的薄云中若隐若现时的情景。

那样完美的构图,无论哪个天才画家都想象不到吧。

鹿岛枪岳这个名字,是明治之后,取了山脚下的鹿岛部落之名。据说,平家逃散的武士曾住在这里。鹿岛枪岳北面的悬崖绝壁之下,还有一个叫“隐音里”的村子。而“隐音里”大约便是“隐身里”的转讹吧。而在明治以前,这座峻美的山还有其他名字。当时在信州将其称为“背比山”或“鹤岳”。“背比”这个名字大概是来源于那两个比肩而立的双耳峰吧。鹤岳则来源于残雪的形状。在越中地方,则将它称为后立山。越中古文献中曾出现过“后立山”这个名字,对于它究竟指的是哪座山,曾有过很多争议,最后才确定就是现在的鹿岛枪岳。

登山者们注意到了这座山并且开始攀登是明治末年。在这之后,登的人渐渐多了起来,甚至由此诞生了“纵贯后立山”这个词。

今日鹿岛枪岳已然成为元旦假期北阿尔卑斯山脉中最热闹的场所,成了有名的攀岩地。攀岩爱好者们首先盯上了东、北两侧的险峻岩壁,接着是东尾根、天狗尾根等地。时至今日,人们已经将鹿岛枪岳信州一侧的每一处悬崖绝壁、每一条溪流、每一条山脊线都爬遍了。吉田二郎君①甚至还写出了一本了不起的书《鹿岛枪岳研究》。

我是在昭和九年(1934)夏天和我的朋友小林秀雄两个人一起第一次爬上鹿岛枪岳的。从此之后,鹿岛枪岳就俘获了我的心,一直到今天。

爱山且一生只画山、60多岁终于仙逝于山中的画家茨木猪之吉也很喜欢鹿岛枪岳。他经常去青木湖一带写生。我曾托茨木先生给我画了一幅鹿岛枪岳,这遗作现在还挂在我的房间里。工作累了的时候,我时常会盯着这画出神。

四十八、剑岳

如果说穗高是日本北阿尔卑斯山脉南边的重镇,那么剑岳就堪称北部翘楚。在层层的岩石铠甲之下,穗高和剑岳两座巨峰相通的

①吉田二郎君:作者的朋友。

风格是豪放、峻烈、超逸。

剑岳有剑的锐利和坚韧。像钢铁的巨岩屏风一样，刚烈、险峻地挺立着，不容积雪停留。当四面的群山银装素裹时，只有剑岳的山脊乌黑如铁。铜墙铁壁般的岩壁和陡峭险峻的雪谷守护着剑岳，使它在漫长的时光里被当作不可能登上的山。且不提弘法大师磨破千双草鞋也没能登上剑岳的传说，就是现代，它也是人们爬遍日本阿尔卑斯山壮举中最后登上的一座。

终于到了揭开剑岳神秘面纱的一天。明治四十年(1907)7 月 13 日，陆地测量部一行人终于成功登上了剑岳的顶峰。原以为无人踏足的剑岳山顶，第一次登上的人却不是他们——在他们之前早有人登过了，因为他们在山顶发现了遗留的枪头和锡杖的杖头。枪头长约一尺，是修行者在山顶修法时用的宗教性质的器具。锡杖头长八寸一分、厚三分，非常古旧。据学者鉴定，和中国龙门洞窟佛像的锡杖相同，可能是中国唐代所造。遗留的枪头和杖头都经过了长年的风吹日晒，之间稍有些间隔。枪头锈蚀并不严重，杖头则呈漂亮的绿青色。

自古以来世人眼中绝对无人踏足的险峻的剑岳，却曾经有勇敢无畏的和尚已经成功登顶了。至于是什么时间，走的哪条山路，则无从知晓。枪头和杖头是同一个人的，还是不同的人带来的？它们是作为纪念被遗留下来的，还是登山者因为天气异变遇难而只有东西留了下来？我们统统都不清楚。唯一明确无误的事实是，修行的僧人以坚强不屈的勇气和钢铁般的意志，凭着自己炽热的信念成功登上了剑岳的顶峰。

距此次发现后两年，有个四人登山队再度登上了山顶，而向导就是之前伴同陆地测量队一起登顶的宇治长次郎。后来，将这次登山时取道的雪谷，就命名为“长次郎谷”。

与宇治长次郎齐名，我国近代登山运动黎明期越中有名的向导佐伯平藏，也在剑岳东面的雪谷留下了自己的英名——“平藏谷”。而“长次郎谷”和“平藏谷”之间的山脊线，又采用了另一个名向导的名字，被命名为“源次郎尾根”。

原本从哪里看都披着悬崖峭壁的铠甲，让人觉得无从攀登的剑岳，如今开发了各种登山路线，年轻勇敢的攀岩者，正在探索困难的攀岩线路。此外，大窗、小窗、三窗、八峰等古色古香的名字，夹杂着needle、zinne等西洋风的山地名，古时《万叶集》中的太刀山、中世山岳修行者的剑岳，都成了近代登山者的演练场。

剑岳最美的，当属从仙人池一带望去的风景了。岩石与积雪强烈的对比扑面而来。雄伟的山峰，其间闪耀着皑皑白雪。如此精美的画在整个阿尔卑斯山都是无可比拟的。如果有人觉得这充满男性色彩的景色过于刺激眼睛，可将视线下移，那里还柔静地展现着一片童话般的平原，平原上的池沼中，倒映着岩石嶙峋、白雪覆盖的剑岳。

四十九、立山

立山是日本最早被探索的神山之一。据记载，大宝元年

(701),时任古越中国司的佐伯有若的儿子有赖,因追赶一只白鹰而进入立山深处时,见到了阿弥陀佛与观音、势至二菩萨三尊的真容,不胜感动崇仰,从此自号慈兴,在山上修建了“立山大权现”。

立山之所以自古香火不断,是宣传山神传说的功劳。在明治政府推行神佛分离①政策之前,位于山脚下的岩仓寺中有立山寺,芦仓寺中有仲宫寺,两寺僧坊众多,奉祀立山神的,就是这些僧侣。各坊几乎把日本分片包干了,在各地都有各自的施主。僧侣每年巡游施主家,分发许愿牌、护身符,劝诱参拜立山。这也许就是富山药商②的起源吧。

参拜立山的白衣信徒从全国汇聚而来。立山山神功德深厚自不用说,这山富于变化的自然景色,也是魅力之一。从芦仓至山顶

①神佛分离:为发生于明治元年(1868)前后的一系列关于佛教的事件,该事件造成日本佛教的衰退。庆应四年三月二十八日,日本明治政府颁布了“神佛分离令”,以禁止天皇所遵从的神令与佛教混合。却因误解而引发“废佛毁释”运动,造成佛教空前的浩劫,大量佛寺佛像被毁,僧侣被强制还俗。相反,神祇官职逐渐上升,并形成神道国教主义。而此前的日本佛教在此事件后,逐渐产生了一群以复兴佛教为己任的僧侣。

②富山药商:全称富山卖药商人。江户时期富山藩的药行商人。17世纪末,以第二代藩主前田正甫向患腹痛的大名赠送止痛药发生效果为契机,各藩大名都希望能把药传到各藩去。从那时起,当地药商开设经营“还魂丹”的和汉药品商行,其后在历代藩主的扶植、保护下日益发展。至文久年间(1861—1863),药商已达2200多人,年销售额达白银20万两。行商共结成21个行会组织,势力遍及全国。药品原料主要是富山藩内草药,也从大阪购入龙脑香、大黄等等。生产依靠家庭手工业,成药用袋、箱包装,由行商负责大部分药品的销售。1870年明治政府颁布废除行会命令时,被列入不禁之列,但改由大学东校贩卖。不久又改为株式会社形式,延续至今。目前,由于无力与高度发达、占统治地位的西药制造业竞争,已逐步走向衰落。

的老路上，大量的遗迹和传说都让我们遥想当年的盛景。

首先，是材木坂。一种呈多边形柱状节理的安山岩，如同一根根木头，横七竖八地躺在地上。传说当初人们为了修建女人堂，将木头运到了这里，却有一位尼姑从木头上跨了过去，一夜之间木头就全都变成了石头。

然后，要进入广阔的“弥陀原”时，左首可以看见“称名瀑布”挂在断崖上。它一共有四级，是日本屈指可数的壮观的瀑布。弥陀原是一片美丽的山顶高原，池塘散布，开满了高山花卉，人从俗世间一路爬上来，犹如置身于天国一般。

再下来，过了旧时山岳修行者的修炼场所狮子鼻，有一块直径3米、略微扁平叫“镜石”的巨石。传说当年有赖在立山修庙，乳母想念他，就上山探望，走到这里再也无力攀爬，就把随身的镜子当作思念之物向上掷去，镜子就变成了石头。附近还有一石，就名为姥石(乳娘石)。

而在我看来，立山最令人目瞪口呆的，莫过于地狱谷。整个山谷被烧成灰白色，到处发出响声，喷着蒸汽，一派凄惨的景象。过去的人把它当成现实世界里的炎热地狱也不无道理。《今昔物语》里说，罪孽深重的人，死后就会坠入这地狱。另外，瑶曲《善知鸟》中也说，到了这地狱，就能见到死去的父母和妻儿。

从地狱谷再往上爬，有一座湛蓝的美丽湖泊，这就是“三圈池”，这里自然也少不了故事。传说以前，一个和尚不听人劝，要到湖里游泳。一开始嘴里叼了一把匕首，游了一阵并无异样，就觉得这湖也不过如此，丢掉匕首再游，一圈、两圈，游到第三圈时，整个人就沉到深深的湖底再也没有上来。三圈池由此得名。

再往前，我们来到了“室堂”，据说是在元禄八年(1695)由金泽的藩主营造的，这应该是日本现存最早的山间小屋了吧。

如此神话传说众多的立山，现如今也摇身一变，正在变成现代的观光景点。如今这里架设了缆车，新修了公路，到处有旅馆，身处都市的人们都不用换装，就可以便捷地接触到大山的气息。据说很快还要在山腰打隧道，修建通往黑部谷的观光公路。受人祭拜的立山不见了，修炼爬山的立山也不见了，立山正一个劲地朝着繁华的高山游乐场挺进。

立山是我登顶次数最多的山峰之一。其中最难忘的就是借宿在山顶雄山神社的社务所，一大早观日出的景象。看着四周的大山，一个个探出云海，好像刚睡醒的样子，不由得令我感慨——

神美立山，实至名归。

五十、药师岳

药师岳不是白马岳、枪岳那样时尚的山，但那巍峨雄伟、力量感十足的山姿，在日本北阿尔卑斯群山中首屈一指。

登上立山町的弥陀原①，首先吸引你注意的便是药师岳。从这

①弥陀原：标高在海拔1630米至2100米之间，是日本最高的高原之一。与药师岳几乎位于同一经度线。

里可以纵向看南北走向的药师岳——筋骨强悍,威风凛凛。而要将整座极具力量感的药师岳尽收眼底,要到云之平去看。站在云之平便是不折不扣地横看——漫长而巨大的山梁,气势磅礴像巨壁一样横在眼前,令人瞠目结舌。

我第一次前往药师岳是上大一的时候,同伴是第一高等学校的熊谷太三郎①,我们两人背着帐篷就出发了。熊谷君现在是株式会社熊谷组②的社长。当时去立山的电气火车只能到达千垣站,要在千垣住一宿,然后沿着和田川往上走二十七八千米,在靠近飞騨③国境的高原上有一个村子叫有峰村。这里是旧时的登山口,我们去的时候已经荒无人烟。村民们将祖祖辈辈生活过的土地卖给了水力发电公司,怀揣着钱下了山。现在,这里只剩下零零落落的残垣断壁。

草丛间成排的废弃墓地也让人唏嘘不已。

从有峰高原上看到的药师岳,至今还在我的脑海中挥之不去。过去,有峰村的人说,大山一天要变五次颜色。傍晚,山顶附近的残雪被夕阳染红,紫色的暮气渐渐从半山腰袭上山顶,此时的药师岳美得无以言表。时值 8 月下旬,四周草原上秋虫的叫声不绝于耳。

与世隔绝的有峰村最终还是要消失了,只有这座人们曾朝夕敬

---

①熊谷太三郎:株式会社熊谷组创始人熊谷三太郎之次子,后任熊谷组第二任社长。

②熊谷组:日本建筑公司,成立于 1898 年。

③飞騨:古称斐太、斐陀。现在之岐阜县北部。大化改新时立为一国。废藩置县后初为筑摩县,明治九年(1876)与美浓国合为岐阜县。

仰的大山的不坏金身依然挺立在这天地之间。

这不禁让当时尚为少年的我暗自神伤。

在有峰村歇息一晚之后,我们二人次日在爬太郎兵卫平的途中迷失了方向,再加上下起了大暴雨,迫不得已放弃了药师岳的登山之行,沿着真川的河道下了山。其间道路崎岖难行,下到常愿寺川足足花费了两天时间。真是一段回忆满满的登山经历。30 年后,熊谷太三郎来信说,熊谷组负责修建有峰水库,他前去视察,回想起了往事种种,不禁感慨万千。

自那之后,我曾两次登上了药师岳的山顶。第一次是从立山温泉出发,经过五色原,沿着山梁往上爬。中途翻过越中泽山,从攀上药师岳的山脊到登上山顶,这山实在太大,一路爬呀爬呀,山顶总是那么远。终于到了顶上,却只不过是一座名为药师北峰的峰顶,距离主峰之顶还有长长的一段乱石丛生的山路。

主峰峰顶建有小神祠,祠前散落着许多生锈折损的宝剑。以前有峰村还是登山口时,前来参拜的人们习惯带一把铁制宝剑,供奉在峰顶的神祠前。这就是当年的残留。我选了一片外形较好的残余铁片,带了回来,现在仍在我写这篇书稿的桌子上做镇纸用。

自从有峰村消失,就没有人只为了登药师岳而来了,大都是在从立山去枪岳的纵贯中,途经药师岳的山顶。但在近年,有峰大坝竣工,从有峰口入山的人再次多了起来。虽然昔日的有峰村已经深埋水底,但是交通便利了,从这里登山也容易了许多。

我第二次登上药师岳是从水坝出发的。我清晨才坐着火车到富山县,下午就已经到了太郎兵卫平的山间小屋喝上了小酒,简直恍如隔世。从山间小屋到药师岳,先从宽阔的高原下到山鞍部,然后穿森林地带而上,会来到一片布满低矮大百叶冷杉、点缀着小池塘,美得仿佛小园林一般的平地。

再往前走,就是走起来沙沙作响的白色沙砾山脊了,登山的时候,右首黑部溪谷隔开的对面是云之平高地,左首则可以看到有峰水库的湖水。这山梁十分开阔,称其为斜面倒更为合适一些。一旦遭遇暴风雪迷失方向,很有可能再次酿成当年爱知大学那样伤亡惨重的灾难①。靠近山顶时,右侧有一个巨大的冰斗在下方张着口,岩壁内侧的纹样十分美观。

曾经的神祠已经不复存在,宝剑的残片也被收走了,岩石之间又立起了一座新修的小神祠。

五十一、黑部五郎岳

黑部五郎不是人名。咕噜咕噜(gulu)滚落到一起的石头叫goro,五郎也读(goro)这个音,便用来标记这个音了,而这里又离黑部川的源头很近,所以就叫黑部的“五郎”,这就是黑部五郎岳名字的由来。在北阿尔卑斯山还有一座叫野口五郎岳的山。正是为了区别这两个“五郎”,才冠以黑部和野口这样的地名。

---

①爱知大学遇难事故:1963 年 1 月,爱知大学山岳部成员在登药师岳时在此处斜面受到暴风雪影响迷失方向,13 名部员遇难。

我很喜欢黑部五郎岳，这么有个性的山实在少见。从云之坪看时最有气派。借用中村先生的话说："特异的圆锥似的山稳稳地压在高原上，山顶的冰斗大张着嘴巴，雪白的牙齿闪耀着光芒。"

我初登这山时，登山还不像现在这样兴盛。从上岳出发，穿过爬地松林，到黑部五郎岳的山肩时，向下望去，只见一个大大的深坑，就像是被巨人之手剜的一样，三面岩壁环绕，太符合"圈谷"（冰斗）这个名字了。我沿着山肩登上了山顶。旧时纵贯山脉的路，是经过山顶后会连接到圈谷的上沿。现在从山肩有一条下到圈谷底的路，因此很少有人特意爬到山顶了。但我，却不愿放弃登顶自己钟爱的山。虽然雾气很重，什么都没有看到，但能踏过碎石站在山顶，我已经心满意足。

从山肩到圈谷底的路，是一段很陡的斜坡，这里即使是酷暑时节仍然依稀留有残雪。站在圈谷底抬头仰望，圈谷很是壮观。三面岩壁环绕，有如置身蓝色屋顶的大伽蓝里。壮观的景致到处都有，而这里的景致则是别处无法媲美的。再没有什么地方能让人强烈地感受到这身处圈谷之底的感觉了。

中村清太郎先生把黑部五郎岳喻为生不逢时的天才。确实，与备受追捧的北阿尔卑斯山脉的其他山相比，黑部五郎岳在个性上毫不逊色，却被很多人忽视了。不过，这样也好。它如此强烈的个性为世人了解之前，总还需要些时日吧。黑部五郎岳越是"藏在深闺人不识"，对我越是好事！

五十二、黑岳

黑岳由南北两座岩峰构成。北峰的三角点海拔 2978 米，这也被看作是黑岳的高度。但是从北峰三角点处看的话，南峰足足高出有 20 米。这样算来黑岳的最高点就超过了海拔 3000 米。在海拔 3000 米高峰较为稀少的北阿尔卑斯山脉①中，这个高度应该更为大家看重才对。

这座山不光是高度很突出，位置还最为幽深。大部分的山都可以从山顶看到诸如平原、耕地或者是炊烟袅袅的山谷等有点人烟味的地方，但是在黑岳没有这些——四周全是山。它完完全全处在北阿尔卑斯山脉正中央，有一种不染俗尘、隐身仙境的高人味道。

沿着乌帽子岳的山梁走，越过三岳、野口五郎岳山，到达三俣莲华岳的这条“串山梁”路线以往是非常安静的，近年来却有了“里银座”之称——因为登山的人流大大增加了。

在古代深山巡察②的记载中，黑岳又叫作中岳剑、中剑岳或者六方石山。“中岳”是赤岳的古名。这样叫或许是古人从越中一带眺望黑岳，将岩峰比作剑的缘故吧。为了与越中的剑岳区分开来，才叫作中岳剑或者中剑岳的吧。至于“六方石山”这个名字，到底

---

①北阿尔卑斯山脉：即飞驒山脉。与木曾山脉（中央阿尔卑斯）、赤石山脉（南阿尔卑斯）合称为“日本阿尔卑斯山脉”。

②巡察：江户时代加贺藩为了守护边界和名贵树木而设立的现场巡回检查。

是指山顶上层层堆叠的岩石,还是指结晶成六方的石头也就是水晶呢——黑岳还有个别称:水晶岳。这个名字实在让人难舍,甚至想把它当作黑岳的本名——之所以这样说,是因为即便现在,从赤岳到黑岳的路上,还能从岩石里发现泛着白光的水晶。贪心的人想要捡一块上等的水晶用来刻制印章,从山脊下到谷底,耐着性子找上一天,也不知道能不能找到。但若只是想作为登山纪念的话,找小小一块六角形半透明水晶,还是很容易的吧。

我登上黑岳山顶,是在9月下旬的一个大晴天。和岩石间的爬地松混在一起,熊果的叶子一片火红,美丽极了。南峰和北峰顶上尽是堆叠的岩石。我找了一块坐下之后,便沉醉在山顶美景的幸福之中了。

俯瞰脚下,隔着"岩苔小谷"的深涧,云之平高原横卧在那里。对面"上之岳"长长的山顶延伸着,很难判断哪里是最高点。

左边是我最喜欢的黑部五郎岳,它极具特色的冰斗张着大口。再往左边,远远的是名副其实的笠岳,仰着漆黑的头。岩苔小谷是近来才被关注的黑部川的支流,还可以看到嵌有小池塘的原野。那一带叫高天原,据说别有一番天地。再往反方向看去是黑部川最大的支流东泽。与岩苔小谷狭窄的上游源流相比,东泽丰沛宽阔。东泽对面是野口五郎岳,全山被白沙石子覆盖,虽然超过了海拔2900米,山体庞大,但是软趴趴没骨头似的让人无从"下爪"。

再往西便是三岳,更里面一点就是后立山的群峰了。将这群峰的山名一一正确指认,是我的一大乐趣。

五十三、鹫羽岳

最初,鹫羽岳指的是现在的三俣莲华岳。因为这里是三国交界处,所以自然而然就有了这个名字。然而,在文政①时期的记录中,这座属于三国边界的鹫羽岳的东北方向还有一座醒目的山叫东鹫羽岳,也就是现在的鹫羽岳。只不过这座山原本叫“龙池岳”,龙池就是现在的鹫羽池。

这个自古就有的名字变更成如今这样,也没有多长的时间。实际上,我在学生时代随身携带的地图里,现在的三俣莲华岳就标作鹫羽岳。为什么它的名字会越改越糟呢?那是由于北阿尔卑斯山早期的登山者们——我们尊敬的日本山岳会的前辈们的疏忽大意而导致的。这里我没有篇幅详述这件事情,大家可以参看中岛正文先生的报道。

如今,我们已经不能订正它了。况且,旧鹫羽岳(现在的三俣莲华岳)虽然是一座占地甚广、威严庄重的山,但是,在山容俊秀这一点上,旧东鹫羽岳也就是龙池岳(现在的鹫羽岳)却凌驾于它之上,海拔也比它高。也许,这里做鹫羽的本家很合适。

以前不论从哪里去鹫羽岳都需要在途中休息两晚。它就是如此一个深山老林。从山顶往南而下的鞍部被称作“鹫羽乘越”,是

---

①文政(1818—1829):日本的年号之一。在文化之后、天保之前。

黑部川和高濑川的分水岭。近年来,人们上溯高濑川的源头——汤俣川,开辟了通往“乘越”的新路。我们再不需要爬长长的山脊,而是轻轻松松地就能进入北阿尔卑斯山的腹地了。

鹫羽乘越是覆盖着爬地松的广阔台地①,有着像被埋在绿荫中的山地小屋。那里是攀登鹫羽岳的起点,在小屋前看鹫羽,英气勃勃,俊美无比。爬上陡坡,山脊线右侧有钵形的火山湖,底部蓄着水。这就是旧称的“龙池”——也就是现在的鹫羽池。这里的最美一景便是枪岳了。顶上的“枪尖”从好多地方都能看见,但像这里看到的这么高贵优雅的就很少了。从这里看去,就连枪岳岩石尖儿的影子,也都倒映在这湖里了。

五十四、枪岳

富士山和枪岳代表了日本山形的两大类。一类是以富士山为代表的“富士型”,像金字塔一样整齐,山脚舒缓开阔。另一类刚好相反,是以枪岳为代表的“枪型”,像一根尖锐的矛,直刺云霄。这两种截然相反的类型,在别处催生了许多“某某富士”“某某枪岳”。就像我们去什么地方爬山,会听到有人惊喜地喊“啊!能看到富士山”一样,也能听到“哇!看到枪岳了!”这样的呼喊。它独特的岩尖一眼就能认出,绝对不会看错。不管从哪个角度看,尖锐的三角

①台地:表面平坦,高出周围一截,一面或四面为陡坡的高地。

锥形都没有变化。孤独地直指苍穹,甚至让人有点儿悲凉。

最早登上枪岳的是一位生于越中名叫播隆的念佛僧。他曾周游全国,拥有众多信徒。文政六年(1823),播隆与信徒一起,由飞騨①爬上了笠山。据说在山顶上远远望见了枪岳神俊的英姿,便心生向往,发下了登上枪岳的大愿。

三年后,播隆来到了信浓国②的安昙郡小仓村,借宿在村官中田九左卫门家中。播隆告知了他要登枪岳的雄心,得到中田的赞赏。于是播隆准备停当,带上中田熟悉山况的女婿又重郎做向导去爬枪岳。先是越过大泷山、蝶岳,来到上高地③,然后沿梓川④而上,来到枪泽的岩屋(现今的和尚岩山间小屋)扎下根据地,一边念佛修行,一边为登顶枪岳做准备,但是,那年因为种种原因,播隆仅仅是侦察了地形。

信仰坚定的播隆并没有放弃。其后两年间,播隆周游各国筹集善款,又一次去登枪岳。身背着阿弥陀如来佛、观世音菩萨、文殊菩萨三尊佛像,一路祈求保佑,播隆终于在文政十一年(1828)7月28日登上了枪岳之巅。成就夙愿的播隆,把三尊佛像安置在山顶,深深感谢佛恩之浩荡。

在那之后,播隆又两次登上枪岳,又修路,又平整山顶,还劝说

①飞騨:日本旧国名,今岐阜县北部。

②信浓国:日本旧国名,今长野县全境。

③上高地:长野县西部的地名,梓川上游的风景胜地。

④梓川:长野县中部的河流,发源于北阿尔卑斯的枪岳,全长77千米。上高地位于该河上游。

信众也去登拜。为了保障登拜信徒的安全,播隆还打算在悬崖上装铁索。不想此时却遭遇天保大饥荒[①],部分村民将灾荒归咎于播隆登山,阻止了这一计划。然而不久,当地又迎来了丰收之年,村民听取了他的愿望,允许他装铁索了。播隆真是一位伟大的登山家。穗刈三寿雄先生的《播隆》就是专门歌颂他功绩的名著。作为日本阿尔卑斯山登山的先驱,播隆的名字应该被更多的人熟知。

其后,枪岳登山曾陷入中断,但是进入明治以后,枪岳作为"日本的马特峰[②]",自然不会被人遗忘。

明治十一年(1878),曾给"日本的阿尔卑斯山"命名的英国人威廉姆·加仑多登上了枪岳。明治二十五年(1892),沃尔特·韦斯顿也登顶枪岳。日本的登山家中,最早是小岛乌水[③]于明治三十五年(1902)登上去的。

此后登山者渐渐增多,登山路线也不只是正面从枪泽出发这一条路,四周都开拓了不同路线。

枪岳东西南北四个方向分别有山棱延伸,因其又窄又险,被称为"镰刀背"。连接双六岳的西镰和连接穗高岳的南镰,直到明治时代即将结束之时,才有人走过。条件最为恶劣的是北镰。时至今

---

①天保大饥荒:日本天保四年至七年(1833—1836)的全国性大饥荒。因气候异常、持续低温、洪涝等灾害造成田地荒芜,米价暴涨,各地暴乱频发。

②马特峰:阿尔卑斯山脉的高峰,海拔4478米,位于瑞士和意大利国境上,以尖锐的四角锥形山貌而闻名。

③小岛乌水(1873—1948):日本近代登山界的先驱,生于高松。接受韦斯顿的建议创立日本山岳会,任首任会长。著有《日本阿尔卑斯》《山的风流使者》《登山家手记》等。

日,走北镰脊的都是登山技术娴熟的老手,即便如此,还是有数人遇难。著名登山独行侠加藤文太郎,最后下落不明,也是在这一岩脊上。关于最早攀登北镰脊的时间,据说是大正十一年(1922)7 月,早稻田和学习院的两个登山队曾留下了争抢攀登北镰脊第一人的戏剧性佳话。

我第一次登上枪岳也是那年的 7 月,走的是从枪泽出发的寻常路线。我从燕岳去登枪岳,那时还没有"喜作新道"(即东镰)。沿燕岳山脊绕到常念山,从一俣谷走,在中山垭口翻过二俣谷,然后到枪泽。而东镰脊开了路,是第二年的事了。如今想来,已经 40 年了,我早已记忆模糊,只记得那时留宿在唯一的山间小屋"杀生"。第二天,我也终于站在了晴空万里的枪岳之巅,那是我第一次登上海拔 3000 米的高山。

如今,从上高地到枪岳,一路上又新建了许多山间小屋。夏天,登山的人都排上了队。

如果说富士山是古时最受追捧的登山对象,那么,近代登山者的挚爱就是枪岳。

五十五、穗高岳

穗高这个名字,应该是因其岩石秀丽高耸而得名的吧,"秀"通"穗"。相传古时因山姿俊秀而被视为穗高大明神的山,都简称明神岳。如今明神岳变成了从穗高下到梓川途中的岩棱上山头的名字了,那山下有穗高神社和明神池。据穗高神社的起源文献里记载:信浓以前也是海神,是“绵津见①”。据说安昙②就是由这个读法演变来的。海神“大绵津见”的儿子“穗高见命”曾降临到这山上,治理了安昙的大水,现在仍被供奉为水神。

穗高岳自古以来就被尊为灵岳。因山体岩石嶙峋,攀登困难,人们仅仅是遥拜。在周边的笠岳和枪岳都被虔诚僧侣登顶之后,穗高依然没有人能上去,可知其攀爬之难。即便如此,在文政丁丑③的夏天,安昙郡穗高村的医生高岛章贞在友人的相邀下攀登了此山,留下了描写这里地理的文章《穗高岳记》。不过单从这篇文章的记事来看,不能认定他爬上了山顶。

首次登上穗高的是明治二十六年(1893)携嘉门次④同行的韦斯顿。当然,在这两周之前,陆军省的视察员也由嘉门次做向导爬上去过。但是,这些先驱者所攀登的是现在的前穗高岳,当时被认为是最高点。

明治末年开始,日本山岳会的前辈们相继登山,并把以前统称作穗高的这一片岩峰群分别取名为北穗高、奥穗高、涸泽岳、前穗高、西穗高和明神岳等。其中最高的是奥穗高,在我国海拔位居第

---

①绵津见:是日本神话中的海神。

②安昙:位于长野中西部的一个旧村名。

③根据高头式的《日本山岳志》,文政年间并无丁丑年,丁丑年是文化十四年即1817年。

④嘉门次(1847—1917):本名上条嘉门次,出身于信浓的山地名向导。陪同日本近代登山之父韦斯顿登山而为人们所知,为日本近代登山发展做出了贡献。

三。奥穗高的首次登顶是明治三十九年(1906)进行陆地测量时的事,之后又过了三年,首位登上山顶的登山家是鹈殿正雄①。

进入大正年间以后,穗高成为攀岩和积雪期登山的道场。这真是个攀岩的大道场,光海拔3000米以上的山就有四座。当时前卫的大学山岳部的年轻人竞相来此,他们一条又一条地开辟了新的登山路线——而给山的各个位置到处标上“宪兵”“驴耳朵”“裂开的山脊”“松高岩沟”这些西欧阿尔卑斯风格的攀岩地名,则是进入昭和以后的事情了。

一直到战前,这个大道场的山脊、岩壁和河道几乎都被爬遍了。即便如此,正像松方三郎②所写的那样,“总还是让人难免沉溺于想象,也许,这穗高的某个角落,还有一个三面脚下都是断崖环绕,背靠着绝壁,不是登山高手就无法接近的小天地吧,在想象中,我们费尽周折爬到这露台上一看,大片花田里火绒花肆意地绽放着……”——我能有这样的想象,也是因为穗高的庞大山体。

战后盛行冬季攀岩,新年假期会有很多的小队,在各处勇敢地挑战冰壁攀岩。于是,我再也找不到哪里是冬季初次攀登的地儿了。

大凡山岳团体的人,应该都有在“涸泽”生活的经历吧。每到夏天,那里就会有几十个帐篷安营扎寨,扎好帐篷的人一会儿就去

---

①鹈殿正雄:日本登山家、作家,和上条嘉门次一起成为首次登上奥穗高岳的日本人。

②松方三郎(1899—1973):日本登山家、记者、企业家,日本山岳会会长,共同通信社专务理事。

练习制动滑降和攀岩了——穗高都快成了登山者的“圣地”了。

虽说有许多的人怀揣着美好的愿景来攀登山脉，但是长眠于此的人也不少。大岛亮吉①、茨木猪之吉②都以穗高为埋骨之地。每年冬季登山都有人牺牲在了这里——小坂乙彦死了，鱼津恭太也死了③。恐怕今后还会有吧。

尽管如此，穗高的险峻之美仍不断诱惑着人们。

五十六、常念岳

评论家臼井吉见④说，他在松本念小学时，校长总是指着窗外，念叨着“看那常念岳”。长大的过程中许多事情已经忘记，唯独这句话，至今仍记忆犹新。我还有一个朋友，在松本居住多年，向来对登山不感兴趣，却说就是想要登一次常念岳试试。

从松本盆地望见过常念岳的人，应当都能理解这种感受吧。

能够称作金字塔的山在日本并不少，而常念岳，就是其中最具代表性的一个。韦司顿登上山顶时发现了小小的石标，可见在他登顶以前就有追逐熊和羚羊的猎人们来过了。据说过去这里曾有祭

---

①大岛亮吉（1899—1928）：登山家。昭和三年（1928）3 月，在前穗高岳山脊坠山而亡。

②茨木猪之吉（1888—1944）：大正到昭和前期画家。1944 年 10 月在穗高岳失去音信。

③小坂乙彦和鱼津恭太是日本作家井上靖作品《冰壁》里的人物，两人都是年轻登山家，先后死于前穗高岳。

④臼井吉见（1905—1987）：文艺评论家、小说家，日本艺术院会员。

祀天狗的小神龛,可韦司顿见到的只有三三两两散落的石头。这名外国登山家是登日本阿尔卑斯山的先驱者,连"常念"这个名字的由来都是他告诉我们的。据韦司顿从带路猎人那里听来的传说,古时有偷猎者在这山谷中野营,听见从山顶随风传来的和尚的诵经声和钟声。那声音彻夜不休,偷猎者不堪良心的谴责,再也不靠近这大山了。山下的村民听说此事,给此山取名为常念坊,意思是总是有和尚诵经的山。另有一说法,不知哪里来的僧人模样的人,来到山脚的酒屋展示了奇迹。人们认为那是山精的化身,就把这山叫常念坊了——过去,人们并不把这座山叫常念岳,而是叫常念坊。

日本的登山家中,最早向世人介绍常念岳的是小岛乌水。而他登顶常念岳是在比韦司顿大约晚了十年的明治三十九年(1906)的夏天。当时北阿尔卑斯山还不甚为人了解,人们认为,枪岳是仅次于富士山的日本第二高峰,非常认真地在争论枪岳高还是常念岳高。可见直插云霄的常念岳在当时有多么惹眼。乌水先生是从大天井岳沿山脊纵行来到这里,登上了常念岳的顶峰的。山顶下方有一个用爬地松搭建的破败小屋。这个破小屋正是后来常念小屋的雏形。常念小屋始建于大正八年(1919),三年后我来到这里留宿。然后往上,踏着巨岩乱石登上了山顶。我在小屋留宿了两晚,至今仍记得它的样子——只有一间格外宽敞的房,小屋看守就在角落处做饭。同行的友人在从燕岳过来的纵行途中,因暴风雨和疲劳已经不省人事,被抬到小屋里才终于缓过气来。因为出了这种事,我对这次旅程更加记忆深刻。

大山都有自己的铁杆粉丝。常念岳虽然没有岩壁和急流险滩来吸引年轻勇敢的登山者，却以其美丽的山容吸引着有艺术家气质的人们。这座山为画家和摄影家提供了大量素材。比如，我就想到了田渊行男[①]先生的《山脊路》。田渊先生长年住在常念岳山脚下的牧村，对这座山就像后花园一样熟悉。“我爬过次数最多的山，毫无疑问是常念和大泷。按次数算的话，要远远超过百次。”由此可见，他对于常念岳的热衷非比寻常。正因此，才能有那些熟知常念岳表情的优美照片。

常念岳与北阿尔卑斯山的其他深山不一样，它和山麓的风光特别相融，这定是有艺术气质的人所青睐之处。可是一旦要爬，离村落却又过远，因此，通常大多登山者都从燕岳或大泷山沿着山脊纵行而来，或是从山背后的梓川一带登山。

从松本开往大町穿越安昙野的火车上，如果是冬日里，望向窗外能看见一座高过前山一头闪闪发光的雪白的“金字塔”。每次从那里经过，我总是盯着那美丽的山峰，不愿移开视线。我总是会暗下决心：今年一定要去爬它。

五十七、笠岳

山名中有很多含“冠”“乌帽子[②]”“笠”等表示头上戴的东西的

①田渊行男（1905—1989）：山岳摄影家、高山蝶研究家。著有《高山蝶》《安昙野之蝶》。

②乌帽子：日本平安时代以后，男子不分高低贵贱戴的一种礼帽。有多种演变。源于中国唐代的乌纱帽。

词。同样一个“笠”字,便有“编笠山”“远笠山”“衣笠山”等名字。而最多的便是以单一“笠”字命名的“笠岳”。当然,起这个名字是因为山体呈斗笠形,但不能全信名字,因为从正面看是斗笠形,然而转到侧面看,它的形状就可能完全不一样。

去登北阿尔卑斯山,大概不会有人漏看了笠岳,但登上它的山顶的人却很少。这大概也是因为它不在纵贯路线①之中吧。我去的时候,登山主线的“双六小屋”人满为患,可一拐入笠岳的支脉,却几乎看不到人影。

从双六开始,便是让人心情极佳的安静的小路。隔着深谷,对面从枪岳到穗高山,海拔 3000 余米的大山并排构成一道大自然之壁。这种大规模的山壁在日本只此一例。与如此野性的岩石屏风相反,视野的另一边却是略带圆润的绿茵茵的斜面,优雅地下伸至双六谷。山梁的斜面很宽,有仿佛高原一般悠闲的地段,还有让人不禁想要支起帐篷过他一夜的池沼风光。特别是拔户岳②至笠岳这段,美得简直就是天然园林,爬地松像地毯一样,还有雷鸟妈妈领着雏鸟慌忙蹿入其中的惊鸣。山顶非常整洁,完全看不到纸屑、空罐。经由风雨打磨平坦的岩石覆盖着地面,一个角落里祭有一尊石佛。仔细探寻其磨损之后的石面,有“文政七年,迦多贺岳”的字样。笠岳曾经被称为肩(kataga)岳,也许就写成了“迦多贺岳”。播隆上人最初登顶时,把笠岳称作大岳,也可能迦多贺岳由此讹变。

①纵贯路线:登山中沿山脊而行,一次登越多座山峰的形式。

②拔户岳:飞驒山脉南部的山,海拔约 2813 米。

也有人说,大岳是伞岳的转讹。

我登上山顶那天,很遗憾,大雾弥漫,没有办法极目远眺。然而得到的报偿是,也像播隆上人一样看到了佛光——面向蒲田谷的云雾中出现了光轮,但我只看到了光轮中自己的影子而不是阿弥陀佛。那个时候,北肩的小屋还没有建成,山上不可过夜,所以我当天就下到枪见温泉借宿。

古时那些僧侣们的登顶之旅暂且不提。明治之后第一个登顶的人是韦斯顿。这位喜好登山的传教士,从明治二十五年(1892)开始,连续两年来到这交通不便的山前,却因迷信的村民的阻碍,没能登笠岳。到了第三年的八月一日,他才终于如愿登顶——一位年轻猎人对村民们的迷信嗤之以鼻,悄悄地给他做了向导。虽然韦斯顿很爱朴素的日本山村,但是,山麓的蒲田人却相信笠岳的悬崖绝壁和溪谷中住着拥有魔力的山精,若是他们将外人带入神圣的山中,便会触怒山精,暴风就会袭击村子。

明治时代深山老林的村子,大都是这样一个状态。

五十八、烧岳

从岛岛站①出发坐巴士进入上高地时,一钻出“釜隧道”②,一座

---

①岛岛站:日本1922—1985年长野县松本市开往上高地方向的火车的始发站。

②釜隧道:日本长野县24号县道上的隧道。

傲然耸立的山峰便跃入眼帘，那就是烧岳，它看上去就像是随后就要徐徐展开的山岳大伽蓝[①]的哨兵。明明是看惯了的风景，但不知为何，在这里，我总会像第一次看到它那样有一种新奇的震撼。

不仔细瞧，烧岳只不过就是一大疙瘩石头，但若是留心观察，就会发现它的岩石以及裂痕形成了烧岳错综复杂的山容。听有学问的人说，这叫“钟状火山[②]”，非常罕见。这山小巧精致，从山脚到山顶，能将整座山一览无余，这在日本北阿尔卑斯是很少见的。

与周围的群雄相比，烧岳只不过是个“小喽啰”。然而，这个小喽啰却拥有自己独特的魅力。最突出的一点，烧岳是日本阿尔卑斯山中唯一的活火山，山顶冒烟的山更是独此一家。

别看它是个小喽啰，却一举改变了梓川的风貌。它一次火山喷发就造就了大正池[③]。人们经常引用“国破山河在”来说明大自然的永恒，但一夕之间就造成如此剧变，烧岳的潜力也实在巨大。

大正四年(1915)6月6日，烧岳伴随着地震发生大喷发，山顶上的旧火山口喷出了宽330米、厚2米多的火山泥石流，堵塞了梓川，大正池堰塞湖便是其副产品。枯死的白桦，林立于大正池中，池面倒映着穗高岳和烧岳，展现出一幅日本绝无仅有的异国风景。之后，它就上了明信片，成就了白桦工艺品，如今，它已是上高地最具

---

①大伽蓝：指大规模的寺院。此处比喻穗高连峰。

②钟状火山：即穹状火山，指黏性大的熔岩因流动性差堆积形成覆盖面较小、穹度较大的穹隆状山丘。

③大正池：梓川上游上高地的湖。

代表性的风景胜地。河童桥[1]和大正池是业余摄影爱好者的最爱。

我第一次来上高地,是在有了大正池数年之后。只要是与山相关的物品,我都会精心保管,所以,至今我仍保存着初次来上高地时用的五万分之一的“烧岳”(后来变成了“上高地”)地图。在这张旧地图上,这座大活火山即今天的烧岳被记作“硫黄岳”,而现在的硫黄岳(中尾垭口[2]正东北方向约2000来米的山峰)叫烧岳。据说这是因为飞驒地区居民的习惯,陆地测量部的人便采用了这个叫法。但信州地区居民的叫法刚好相反,我以为这比较得当。之后,地图上也随之进行了修改,现在“烧岳”和“硫黄岳”的位置已经不可挪动了。近年来,上高地越来越火,与其说是登山地,更像观光地。纯粹的登山派匆匆而过径直去登山,身着雨衣和皮靴的纯粹游玩派,则漫步在河童桥上和大正池畔。要我说,去登烧岳,上高地之旅才可谓不虚此行啊。而烧岳是个仅需半天就能轻松往返的山。

我在这里第一等的收获,是爬到中尾垭口看到的风景。之前看不见的锡岳[3]、笠岳、拔户岳等群山近在眼前。最值得一提的是,你再也找不到比这里更好的欣赏笠岳金字塔形山容的地方了。在中尾垭口好好休息一下,翻过容易崩塌且陡峭的山梁,就是烧岳山顶。深深凹陷的火山口,有一潭池水,清澈湛蓝,边上一处更是热气蒸腾,一幅活火山的图象跃然展现在你的眼前。

---

①河童桥:梓川上的木制吊桥,是上高地代表性的风景。

②中尾垭口:位于长野县松本市和岐阜县高山市交界处,海拔2100米。

③锡岳:日本岐阜县飞驒山脉南部的山,海拔2168米。

五十九、乘鞍岳

乘鞍山与其说是来登，更是个适合来“住”的山。

登上“位之原”后，就能看到乘鞍山无遮无拦的真容。我把从这里看到的乘鞍山景，当作日本屈指可数的绝佳山景之一。首先山形好看，雄伟且不单调。优雅的三个山头排列在一起，最左边是主峰，主峰右肩巨大的岩石是收紧棱线的亮点。此外，山前开阔的延展也不错，令人心旷神怡，没有局促之感。

乘鞍岳自古就是信仰之山。虽然具体的开山年代不清楚，但据《乘鞍山缘起》一书记载：大同二年（807），田村将军曾在此处向乘鞍三座神祈愿。之后，在建历二年（1212）修建了神社，应仁以后逐渐荒废。而且，自从修行参拜登山兴起之后，许多修行前辈都来过，其中不乏木食上人、元空上人这样的高僧，还留下了种种传说。

如今，据说夏季的山顶俨然一副繁华的街景。但是，乘鞍山整体，并不是通条路就能完全世俗化的“小地方”，像它如此丰富多彩且厚重的山，在日本并不多见。从四岳、大丹生岳、惠比须岳、富士见岳，到乘鞍主峰的广阔山间，有众多的山顶湖，有森林，还有高原。

光登顶还不尽兴的人，更乐于花时间在山中的湖泊、高原和森林间流连忘返的人——也就是我说的“乘鞍信徒”，大多都是有浪漫情结的人。

我第一次登上乘鞍山顶是战前初冬的一个大晴天。从山顶远眺，眼前是高大的御岳，远端是美丽的白山，二者之间重峦叠嶂，连绵不绝。打眼大略数一数，居然就有十四重山。

看到这一切，一个登山者心里或许才能深深感受到——飞驒才是真正的山之国啊。

六十、御岳山

御岳原本也可以被列入日本阿尔卑斯山脉的，但它个性突出，阿尔卑斯的名号束缚不了它。悠然独立于天地间的御岳，仿佛想告诉世人，“什么北啊、中啊、南啊，阿尔卑斯的名号还是免了吧”。

富士山、鸟海山、立山以及石锤山等地，自古就盛行宗教登山，但现在，这些地方的习俗大多已消失在普通登山的潮流之中。而将信仰登山的组织、戒律及风俗原封不动保留下来的，恐怕只有御岳山了。夏天，从王泷或黑泽进山的话，山路上满是身着白衣的信徒，小到娃娃，大到阿公阿婆。虽然是山的信徒，但是他们中的许多人并不喜欢登山。我认识一位在老城区开茶馆的老板娘，就是跟登山没缘分的人，但每年参拜御岳山，却从未缺席过。

开阔的山顶上，到处分布着宗教遗迹，能看到先达[1]们领着一群群信徒在做加持祈祷。为信徒施行祓除仪式时，先达的形象非常恐怖。

---

[1]先达：修行指导者。

这里全然就是纯粹的信仰之山，是属于平民百姓的山，手持冰镐，脚穿登山靴的登山者简直就是异类。登山者说御岳已经“俗化”了，因此敬而远之。只有在淡季的时候，才能看到个别正儿八经的登山客。

但是，这座茫茫大山里还隐藏着许多秘境。说来也怪，或许正是托登山客们敬而远之的福，这座山的秘密才得以保留，而且，它的原始状态得以保留，还得归功于当年禁止砍伐的皇家森林。有“木曾五木”之称的扁柏、罗汉柏、金松、花柏以及侧柏自古以来就非常有名。覆盖御岳周边郁郁葱葱的森林实在是壮观。所谓“俗化”的，也只有正面的进山口那一带，下到飞驒一侧，有朴素如旧的岳之汤温泉。近些年，巴士已经延伸到了这温泉附近，这里也会慢慢兴旺起来吧。不喜欢人间烟火的人，近来大多选择从开田方向出发的登山路。

绕着山麓地带，穿过那些似乎被人遗忘的垭口，去拜访那些偏僻却人情味十足的村落，这也是爬山的一大趣事。御岳山和乘鞍岳一带，似乎可以找到许多类似这样安静且不为人知的去处。

旧官道从木曾路的奈良井，一路上到鸟居垭口。鸟居垭口上面就是御岳山遥拜所。那里有神社，鸟居垭口这名字便来自竖在那里的石制鸟居。昔日的行路人，第一次从垭口方向望到御岳山时，肯定有过万千感慨吧。一进入木曾路，从深谷中就再看不到御岳山了。

自古以来，那些令人敬畏的山，你越深入其中，越有新的惊喜与发现。御岳山的伟大之处也与此相似。这山里有无穷无尽的宝藏，绝大部分仍像一本厚厚的未裁的毛边书①——看着它厚厚的切口，会更加期待接下来悠然的阅读时光，无论打开哪一页，都会发现其他任何书中都未曾涉及的内容。

它就是这样的一座山。

六十一、美之原

说起高原，我最先联想到的便是美之原高原。再没有比它集这些条件于一身的地方了。它保持着2000米左右的海拔，绵延起伏。除了北阿尔卑斯山脉的两三个高原(例如五色原和云之平)之外，再没有这么高的高原了。海拔再加上面积，美之原高原堪称日本第一高原。尾崎喜八先生的诗集《高原诗抄》中有一篇名叫《美之原熔岩台地》的诗，是这样写的：

我爬了上来，猛然间风景在我眼前打开，就像苍穹掉了顶儿，让我惊呆。半晌，我才走出一步，跨上熔岩，苦苦地思索，这么高的地方，这么大的阵仗，所从何来。无边无际，磅礴大气，野性十足，耳目一新，这风景，原始的情绪沁人心脾，惯常的尺度，竟无以言喻。

简直大到出人意料。

再说说风景吧。以前，松本盆地的人把美之原称作“东山”，把北阿尔卑斯山脉称作“西山”。从东山可以很清楚地眺望到西山最

①毛边书：是指印刷的书装订后不切光，“三面任其本然，不施刀削”，页与页相连，看书时，需要用裁纸刀裁开来看。日本人制造的毛边本，三侧不切的颇多。

重要的组成部分——枪岳和穗高岳的连峰。威严壮阔的“西山”景致,从这里看才恰到好处。呆呆地看完之后,换个视角,众多山峦会争先恐后地跳进我们的视野。

以前,这里没有“美之原”这个名字。有记录说,270 年前的元禄[①]时代一直被当作放牧场使用,之后又变成了农闲期牛马的休养场。而真正为人欣赏和喜爱,据说是在昭和之后了。家住山脚的山本俊一先生深深热爱着这片高原,他开了路,搭了简陋的竹屋,就是现如今的登山旅馆“山本小屋”的前身。此后,游客逐渐增多,以至于现在他要大叹人满为患了。人们为了纪念山本俊一先生建了“美之塔”,背面刻着前面提及的尾崎喜八先生的诗。

或许诗人也在惋惜美之原大潮一般的世俗化吧,写下了这样的文字:

日出日落,不变的只有那雄伟壮观的风景,我的诗也在风中唱着挽歌……

如此看来,有幸见过 5 月中旬一个人都碰不到的美之原的我是多么的幸福。我从三城牧场出发——那是一个如画般美丽的牧场,有白桦,有牛马的悠闲徜徉,也有花开正盛的三叶海棠。我登上高原的一角,金风送爽。我漫步到武石峰,独自一人充分地领略了美之原的伟岸、辽阔的无边美景。

---

①元禄:是日本的年号之一。在贞享之后、宝永之前。指 1688 年到 1703 年期间。这个时代的天皇是东山天皇。江户幕府的将军是德川纲吉。

六十二、雾峰

那还是二战前，我曾在雾峰过了一夏，着实体会了一把逛山的乐趣。在一栋林间小屋的二楼，我"占"了一间正对面可以看到乘鞍岳、御岳和木曾驹岳的房间。旁边房间住着小林秀雄君。但凡遇到好天气，我们俩就会把小屋的主人长尾宏也君拉出去逛高原。

可以逛的地方有很多。雾峰的最高峰是车山，不过爬起来也不用太费劲。平缓的大斜坡悠闲地走着，不知不觉就到三角点了。细长的山顶，正对面蓼科山和八岳连峰仿佛伸手可触。特别是傍晚时分沐浴着夕阳的赤岳，就如同它的名字一般红彤彤的，美丽无限。

车山的山坡，宽阔空旷的草地延伸着，让人觉得永远到不了边，其中有一条又一条似乎是人踩踏出的痕迹。这种小道多得如同迷宫，能够走出去而不迷路的，恐怕也只有小屋主人了吧。当然，迷路也不是什么大不了的事，我们每次登山走的路都不一样。

夏季的高原，漫山遍野都是快有一人高的"毛当归"，开着白花，还有黄色的"日光黄萱"。我每次出门的时候都会摘很多不同的花，回来就在植物图谱中查。长尾君甚至都认得在山上安家的狐狸和秃鹫。

山丘附近的灌木丛中有一个小神祠,据说是诹访明神[①]的本尊。神祠前面的小溪中可以捡到很久以前的陶器碎片。雾峰从历史上讲原本也是一片古老的土地。

广阔的高原东面是大门官道,西面是中仙官道,把它与周边区隔开来。横穿过山地的小道,大概是古时候人们作为连接两条大道的捷径而用的吧。这片广阔的地域中可谓是应有尽有。若是想看森林,就沿着蝶蝶御山和物见山鞍部的小道下到东侧,即可到达一处郁郁葱葱的森林。想看山涧的话,只要进入东俣就可以了。微暗的谷底流淌着清冽的溪流。有名的诹访大祭的神木就是从东俣的御用地上采伐的。

这里夏初时还有很多的远山积雪,随着夏日渐盛,一点点消融。到了七月下旬,就只有乘鞍岳的"山肩小屋"一带,以及穗高岳、枪连峰中大餐岳常年积雪的峡谷里才会有存雪了。

暑期休假一结束,来登山的人也变得少了,高原上有一种盛宴过后的冷清哀伤。曾经开得漫山遍野的毛当归也难看地枯萎了,山

①诹访明神:日本信浓地区的土地神,作为土地精灵出现的祟神,是大和中央政权进入此地以前所敬奉之神,以头部为男性生殖器形状的大蛇或蜥蜴姿态出现。日文汉字有诸如御社宫司、御左口神、赤口神、勺子神、守宫神等近200种写法。在当地,过去每年要选出一位传达诹访明神之神谕的"神主",每次传达神谕结束后,据说就公然地把这位神主给杀掉,年年如此。但到了后来,不服从天津神统治的大国主神之次子——建御名方神被建御雷神击败逃到了诹访,此地就转而成了建御名方神的崇拜中心。诹访明神是蛇神、石神、山神和风水神的集合体,是古代日本自然崇拜的一个典型。它给日本留下了很多与它有关联的地名,比如"石神""石神井""精进""十三"等等。

坡上只剩下惹人爱怜的淡紫色的松虫草开得绚烂。9 月初一直下着小雨。我在终于放晴的日子上了高原，结果大吃一惊——这一带曾经的绿色已变成黄褐色，高原已是芒草的初秋了啊。

六十三、蓼科山

古籍记载，浅间山称北岳，蓼科山称南岳，沿中仙道而下，来到北佐久的岩村田附近，这两座山夹着千曲川的河谷，相望而立，吸引了不少游客的眼球，是东信州①的名山。

因为是名山，自古以来蓼科山就有各式各样的名称。古时候写作“立科”。因为从诹访②望去，山形呈正圆锥形，也叫“诹访富士”。蓼科山是圆锥形上再堆砌着圆锥丘的复式火山，被人叫“富士”，其实就是因为这圆锥丘。它相当陡峻，山顶附近的坡度有 32 度，稍微往下一点也有 28 度。

攀登这里，想来已是 30 年前了，初秋时分，我只身一人从大门垭口出发去蓼科牧场，当晚留宿在牧场办事处，第二天一早就去上山。虽然蓼科高原这名字是说蓼科山南边的诹访，但北边的北佐久却更具备高原气象。实际上这边山地更加开阔，其中有协和牧场、蓼科牧场、赤沼平和御泉水等，使得高原式的美景随处可见。

这里虽说是牧场，但并不是那种有牛圈马厩，工人整天挤奶的

①东信州：属东山道，俗称信州、科野。

②诹访：日本本州中部城市。属长野县，在诹访湖东岸。

牧场。附近的农家将牛和马寄放在这里，放养在这片高原上，人们给它们卸掉平日的鼻环和缰绳，让它们在大自然的怀抱里悠然自得地度过一夏。估计这期间，它们会找回原有的野性——据说当秋天主人领它们回去的时候，这些牲畜性情往往会变得暴躁起来。

从牧场办事处往上爬，过了御泉水后，可以看见一条笔直的路穿过原始森林直通山顶。山路很陡，我一个劲地往上，终于来到山梁上。从这里开始，很有特色的圆锥丘就不远了。森林已尽，满山都是大石头，爬上去就是山顶。这山顶实在与众不同。整体是个圆形，巨大的石头咕噜咕噜地散乱一地，中央只有一个石神龛（听说现在盖了小屋）。秋风徐来，我在满是石头的山顶上待了一个多小时。下山的时候，我从反方向的诹访一侧下来。下了圆锥丘，进到了森林里，从那儿就是一条一气下山的坡路，很快就下到了蓼科高原的亲汤温泉。

六十四、八岳

日本的山名中，有一些诸如芙蓉八朵、八甲田山、八重山，含“八”字的例子。但一般可以当成是“很多”的意思。也有人会明明白白举出八个山头，不免多少有点儿凑数的感觉。为了那些喜欢刨根问底的人，一定要列举出八岳所谓的“八”的话，我想那应该就是：西岳、编笠岳、权现岳、赤岳、阿弥陀岳、横岳、硫黄岳、松目峰。其中，阿弥陀岳、赤岳、横岳是核心地带，海拔均在 2800 米以上。海拔 2800 米,这个高度除了富士山和日本阿尔卑斯山,就是这里了。在我国十分稀罕。这海拔使得山体不断飘过凛冽的寒气,造就了登山者冬季的道场。这个高度,也生成了裸露的岩脊地带,创造了高山植物的宝库。

八岳的妙处,便是高山地带紧接着森林带,林深树密,而底下却是肥沃的原野。八岳地图上,山体整体几乎都被这原野覆盖。从山顶开始的等高线十分规整,逐渐稀疏,无限向外延伸的纹样犹如孔雀开屏,美不胜收。而雀屏的末端,点缀着村落,通着官道,奔驰着火车。

八岳细长的主体山脊线通常以夏泽垭口为界,一分为二,以北部分的山体叫“北八”,近年来很受登山者喜爱。

40 年前我第一次来登山的时候,八岳还很幽静,除了赤岳矿泉和本泽温泉,山上甚至连个登山小屋都没有。即便当时是 5 月中旬,也没遇见一个登山者,山下自然也没有通巴士。

我们留宿在新建不过两三年的赤岳温泉,第二天经中岳登上了赤岳山顶。然后,沿着横岳岩脊爬,来到草地开阔的硫黄岳,我觉得终于圆满结束,松了一口气。没想到那却不是什么美好的结局——我的朋友竟然在此处意外坠亡。

时至今日,每当站在“海之口”一带,望向见证朋友生命最后一刻的硫黄岳北部的岩壁,我还是悲从中来,不忍卒视。

六十五、两神山

两神山又称八日见山，或龙神山。木暮理太郎①是热衷于考证山名的人，他最初也认为八日见山又或说龙神山由两神山转变而来。但是之后查阅了众多资料，他说：这座山最早名为八日见山，然后是龙神山，最后才叫两神山。而祭祀伊邪那岐和伊邪那美是在被称为两神山之后的事情，在此之前和这两位天神没有任何关系。

如前所述，两神山因其迥异的山容而引人注目。我也是很早就远远地眺望过它，因道路不便只能敬而远之。但是，现在有了快速发展的巴士线路，我早上从东京出发，第二天中午就站在了山顶上，达成了自己多年的心愿。

从秩父地区②到纳宫是坐巴士，从那里越过楢尾泽垭口，借宿在日向大谷的两神山社务所。第二天才向山顶攀登。

真不愧自古就被奉为信仰之山，途中立着好多碑或石像，到处都是有历史渊源的地名。我们还遇见由身着神官服饰的向导率领着下山的一队人。

接近山顶时有两神神社的本社，神社前面蹲着的并非普通的石

①木暮理太郎（1873—1944）：日本登山界元老级人物，秩父、上越的开拓者。
②秩父地区：横跨埼玉、群马、长野、山梨、东京一都四县的山地。

头狛犬①,而是像格雷犬②一样的狼,这吸引了我的注意力。果然像木暮理太郎考证的一样,狼在这里出现了。狼,就是犬神,是两神神社的仆从。和秩父的三峰神社一样,这儿也让有求必应的犬神守护着神灵。

山顶有小神祠,背后一坪大小的岩石平地上面有大地测量的三角点。幸运的是我们赶上了朗朗秋日,可以放眼观望四方美景。山顶是狭窄的岩脊,两侧是一气落下的陡峭斜坡。我回去时沿着狭窄的山脊,爬过好几个像竹笋一样冒尖的山头,就下到了八町垭口。从垭口回望,两神山像岩石屏风一样耸立着,展示着自古以来被人们崇为名山的威仪。

六十六、云取山

纪州南部有大云取山和小云取山,位于参拜那智山的熊野旧官道的路上,因而自古便颇有名气,和歌、俳句中也常有歌颂。不过这里要讲的并非纪州的云取山,而是关东的云取山——这座山有大小云取之分。据《武藏通志》记载:“大云取山,位于西多摩郡冰川村、日原村西北,以秩父郡大泷村为界。”其南边相连的小山峰,唤作小

---

①狛犬:石狮传到日本称为狛犬。狛犬起源于印度,与佛教一起从中国经由朝鲜半岛传入日本。

②格雷犬:古老犬种之一,其纯种犬的形体从古至今未变。格雷犬是最先被训练来利用视觉追踪猎物的视觉型狩猎犬种,是世界上脚程速度最快的犬科动物,时速可达每小时 64. 5 千米。

云取山。

从小川山向东一直延伸到云取山的连绵山岭,有的登山者把它叫奥秩父山脉。就长度和高度而言,除了日本阿尔卑斯山和八岳连峰以外,这里是日本鲜有的大山脉。特别是构成甲信国境的金峰山到甲武信岳一带,高度均保持在海拔 2500 米以上。甲武信岳以东也不下 2000 米,破风山、大洞山等等山脉沿国境分布,而其中,“殿后”称雄的便是云取山。主山脉在云取山以东就分成了许多小山脉,逐渐下延至武藏野。反过来说的话——

武藏的平地上那些波澜起伏的小山脉,从不同方向像变形虫伪足一般相互缠绕,不经意间合成五六支山脉,然后再进一步统合,一下子变出来个 2000 米以上高峰,那便是云取山。

学生时代的我曾几度路过云取山周边,却总是错过了山顶,而登顶云取山已是近年的事了。时隔 30 多年踏上奥多摩的我,惊讶于它的变化。从看过小河内水坝之后,在巴士的终点站丹波下车,爬上萨欧拉垭口,当晚留宿在三条温泉。第二天,我参观了鲜为人知却规模庞大的青岩谷钟乳洞。随后经过两小时左右的平缓登山来到云取山延伸至大洞山的山鞍,从这里看去,南面甲州①一侧的山脊是色彩明艳的茅草坪,北面武州②一侧则是幽暗的森林。秩父

①甲州:为山梨县东北部的市。成立于 2005 年 11 月 1 日,由盐山市和东山梨郡胜沼町、大和村合并而成。

②武州:日本奈良时代为武藏国(相当于一个县),也称武州,日本明治时期初期废。目前说的武州意指日本行田、羽生、加须的利根川流域。

特有的一明一暗的对照,在这山鞍之上也很明显。

穿过北面幽暗的原生林道,来到“山之家”。高枝上的松萝随风摇曳,将白粉撒在粗壮古雅的枝干上。临近傍晚,寂静微暗的林间弥漫着雾气。我踏着柔软的腐殖土前行,“饱享”了久违的秩父山。

次日清晨,我登上了云取山的顶峰。偏巧赶上阴天,虽然能从云层间隙看见南方的富士山和北方的浅间山,但很快也都被云遮住了。唯一可见的只有那蹲在眼前有些笨拙的和名仓山。下山时,我取道新开的富田新道——这是人称“山之家”主人的富田治三郎①先生以一己之力开辟的新路,也是一条穿过寂静森林的羊肠小道。

而这位登山界的高人,如今也已作古。

六十七、甲武信岳

我记忆中最早的山难便发生在甲武信岳。这件事在当时那可是个大事。那时登山可不像现在这样安全,每周都会有遇难的报道。我记得那是大正五年(1916)吧,当时的人们还把登山看作是一种冒险。而且,遇难的五人中有四个人都是刚刚考入帝大(现大京大学)前途无量的青年,这更加让事件发酵不已。

最后的结果是,这一队人中只有一个人活了下来。

---

①富田治三郎(1902—1959):别号云取山仙人,云取山庄第一代经营者。

从那以后，甲武信岳这个名字便深深地刻在了我的脑子里。

甲武信岳的山形从远处看来并没有很明显的特征。它跨越了三个古国，和那些在连绵的山脉上凸起一角的、形态单纯的山相比，甲武信岳的山形更为复杂。甲武信岳是千曲川、荒川、吹笛川三条河流的发源地——单从这一点，它就称得上是奥秩父地区的中心。甲州、武州、信州，三个地方的河流，不论哪条，源头都在甲武信岳的山顶上，这不是很有趣吗。山顶下了雨一滴，雨滴进千曲川，成了信浓川，流向日本海；另一滴雨滴入荒川，穿过大东京流进了东京湾；再一滴雨，滴入吹笛川，汇成富士川奔向太平洋。

我考入东京的学校时，上越地方的山还未像现在这样得到充分的开发，北阿尔卑斯山脉攀登起来也甚是不便。当时，我去爬的山大多是在奥秩父地区。田部重治的《日本阿尔卑斯与秩父巡礼》，还有旧书店找到的《山岳》杂志秩父号，便是我的爬山指南。那时登山路还未修好，登山小屋也很少，路标之类的也几乎没有。我们总会备好米和大酱，带上锯和砍刀，去探索那些无人山。若休假两三天，比起待在东京，我更多时候是去奥秩父爬山。

那时我登过两次甲武信岳。第一次似乎是在林木嫩绿时节，顺着吹笛川上游的东泽登上的山顶。秩父地区的特色便是深林和溪谷，那时我才深刻地领略到它的迷人之处。尤其是釜之泽的美景，令人惊艳。山顶下面不远有个给山上干活人用的简陋小屋，我在那儿住了一夜。第二天，我从山顶往下，爬过木贼山、破风山，中途还不小心迷了路，等下到雁坂垭口的时候，天色已经彻底黑了下来。

第二次是红叶时节，我顺东泽溯流而上登上了甲武信山顶。当时是11月初，只记得在山间小屋那一夜确实很冷。第二天我下到了真之泽，在一间完全荒废掉的小屋住了一夜，然后翻过雁坂垭口返回了东京。

六十八、金峰山

金峰山，甲府人将它读作“kinpu”，武田信玄的文书中有写作“金风山”的，而信州人则读作“kinpo”。那么，“金峰”这个山名到底由何而来呢？据《峡中纪行》记载，山顶黄金遍地，神对此甚是爱惜，所以登山者下山时，必须脱掉草鞋赤脚离去，沾在草鞋上的黄金一粒也带不出去。

山上有黄金就叫“金峰”吗？但是，叫金峰山的，别处也有好几座。“金峰”是不是一种美称呢？

金峰山的山顶的五丈石南面有一块平地，原来建有奥社①，据说闭关修行的殿里，正面的佛龛里还放置着藏王权现的佛像，现在已经没有了。离五丈石不远，就是有大地测绘三角点的山顶。站在那里视野有多么开阔，你只要想想金峰山的位置就不难理解了。

在我漫长的登山史中，金峰山是我最早期登上的山峰之一。那

---

①奥社：日本神社中比本社位置更靠深山的神社。

是关东大地震①那年秋天，我还是一高②的学生。翻看那时写的笔记，我是从中央线③始发站饭田町站乘坐晚上9点40分那趟车，第二天早上4点半才到达甲府市——现在，到松本市也花不了这么长的时间。

那时还没有巴士，下车后步行走到升仙峡。我走到升仙峡尽头的御岳金樱神社，吃了盒饭当午餐，然后继续向更里面的黑平村进发，那里是爬金峰山的正面参道④，所以沿途有很多与宗教相关的名字。去黑平途中经过了猫坂。我站在猫坂垭口举目四望，金峰山、朝日岳，还有连绵起伏的奥秩父山地尽收眼底，让我第一次大呼快哉。

本来打算到了御室川河滩再歇脚，但是我刚走到黑平村，就被那里门口贴着大大熊皮的旅馆的店主留住了，店主招呼说，住在店里还可以吃熊肉，歇一宿再走吧。

我就干脆解了绑腿，歇下了。

第二天我一早就出发了，但由于走错了路，花费了好些时间，等我从御室川一路气喘吁吁地爬完陡坡到达山顶时，已经是中午12点半了。万里晴空，四周的美景令我狂喜不已。但是，那时站在山

①关东大地震：1923年9月1日发生在日本关东地区和静冈、山梨县部分地区的强烈地震灾害。

②一高：第一高等学校，现日本东京大学教养学部，千叶大学医学部、药学部的前身。

③中央线：由东京到名古屋的铁道线。

④参道：进入神社、寺院的专用参拜道路。

顶望到的群山当中,我爬过的山还屈指可数。

在山顶休息了一个小时左右,我就顺山脊向铁山①前进,但是山上爬地松遍布,连路都找不到,我只好放弃,取道川端下②方向下山。结果途中天就黑了,还下起了雨,我在寒冷的野外蹲守了一夜,第二天终于到了梓山③。

六十九、瑞墙山

瑞墙山这个名字,虽然没有在古文献中找到,但它自古以来就广为人知。传说在天鸟泽上游的岩壁上,刻有空海法师的笔迹或者古代的文字,就可想而知了。尽管我还未一睹岩刻的真容,但仅这些传说就足以证明它是个有来头的山。

这不单是想象,和金峰山联系起来想就能明白。金峰山自古也是一座名山,许多山岳修行者慕名而来。修行者往往喜欢在岩洞中修行,他们造访金峰山时,当然不会放过位于西北方向布满岩石的瑞墙山。据说,曾经有采集石耳④地衣的人,在瑞墙山高达十几丈的岩壁上发现有石窟,爬上去一看,发现洞里竟然供奉有一把剑……

---

①铁山:山梨县甲府市的山,海拔 2531 米。

②川端下:长野县南佐久郡川上村的地名。

③梓山:长野县南佐久郡川上村的地名。

④石耳:别名石木耳、岩菇、脐衣、石壁花。因其形似耳,并生长在悬崖峭壁阴湿石缝中而得名。

要攀登瑞墙山，通常会先从绯崎坐巴士到增富镭矿温泉，然后沿本谷川往上爬约 5000 米，到达一派田园牧歌的高原——金山。爬到这里才能看到瑞墙山。可以说，瑞墙山就是岩峰堆成的。岩峰群别处也有，而瑞墙山的特别之处，就在于这里的岩峰混于林带之间，巨岩就像一根根竹笋从针叶林里冒出来的一样。

奥秩父地区的开拓者木暮理太郎非常喜欢这金山高原，因而这里有木暮先生的半身像，雕像的作者是佐藤久一朗氏。每年，人们在碑像前都会举办祭祀活动。

曾经从千曲川的上流翻越信州山口，到达甲州的时候，见到奇岩乱立的瑞墙山，令我印象深刻。于是我借参加这个碑前祭祀活动为由头，登上了瑞墙山。也许，这途中——也就是从斧濑川上流的黑森部落遥望到的瑞墙山，是最为壮美的了吧。从金山看到的瑞墙山要稍差一些。但从这里一路向上，沿途的风景充满了乐趣。先是走过开满铃兰花的草原，再穿过一片洒满阳光的白桦林，渡过清澈的溪谷之后，一块纵裂的巨大岩石就挡在眼前——好一块巨岩！接下来的爬山路，便是秩父地区特有的郁郁葱葱原始森林中的那九十九道弯了。

形状各异的巨大岩峰横在眼前时，也预示着离山顶不远了。在岩石间向上攀爬，到达山顶后，我发现山顶也是光滑的巨大岩石，我像个蜥蜴一样趴在巨岩上，俯瞰着直上直下的岩峰群，和伙伴东拉西扯地聊着天，在山顶待了近一个小时。

七十、大菩萨岳

中里介山[1]的长篇小说《大菩萨垭口》发表之后，这座山岭顿时名声大噪。但我大正十二年(1923)第一次去的时候，游客却非常稀少，尽管当时是5月晴空万里的周日，一路上也不曾遇到爬山的人——说起来都没人相信。

从垭口爬到大菩萨岭的山顶大概要40分钟。大菩萨岭是这一带连岭的最高峰。以前人们将“岭”字读作“toge”，大菩萨岭就是指大菩萨垭口一带，但是现在用它来指这里的最高峰。在登山客口中只简称作“岭”。地图上也一样。在《甲斐国志》中的名字是大菩萨岭，就其名字的来源有如下记载：

新罗三郎征奥州时，引兵至此，山中草木繁茂，道路难辨。时有樵夫牵马而至，为其向导乃至岭上，忽然失其所在。义光(新罗三郎)遥向西望，只见笛吹川边，八面白旗迎风翻动。以为神军助阵之兆，遂遥拜，高呼“八幡大菩萨！”由是，遂有大菩萨岭名。云云。

前往大菩萨垭口的登山口处有一座古寺云峰寺。其主殿为歇山式屋顶[2]，整个寺庙由扁柏树皮葺成，典雅优美，已被指定为国

---

①中里介山(1885—1944)：小说家，原名中里弥之助。代表作品《何之罪》。1913年起，执笔长篇小说《大菩萨峰》，连载发表于《都新闻》《每日新闻》《读卖新闻》等报刊。中译版又名《大菩萨岭》。被称为“世界上最长的历史小说”。

②歇山式屋顶：即歇山顶，宋朝称九脊殿、曹殿或厦两头造，清朝改今称，又名九脊顶。为古代中国建筑屋顶样式之一，在规格上仅次于庑殿顶。

宝。这座古寺很有渊源,据说天平十七年(745),行基①菩萨前来此山间修行,突发灵感,于是修筑了此座寺庙。也有传言说大菩萨这一名字正是由此古寺而来。

时隔数十年的一个秋意正浓的日子,我再次来到大菩萨岳。周六晚上,我投宿在山间小屋"胜缘庄",从庄主益田胜俊那里听说了很多趣闻,不觉已是深夜。第二天是周日,一早走出门外,我吃了一惊,只见长蛇般的登山客蜿蜒而来。大多数游人脚穿帆布运动鞋,背着小巧的登山包轻装上阵。还夹杂了一些身着雨衣、短靴,提着手提包的。

这一大帮人,不一会儿就聚在了垭口到大菩萨岭途中暖洋洋的茅草坡上。有一队全是花团锦簇的女性,另一对大都是恩爱的情侣。这些人有躺在草丛上午休以恢复夜晚登山倦意的,也有围坐一圈欢声合唱的团队。在这样秋高气爽的蓝天下,人群呈现出一幅讴歌青春享受生活的风景。

我脑子里那些文学的、历史的怀古之情已消失殆尽,只感觉到鲜活的生命气息。

七十一、丹泽山

丹泽山是从什么时候开始这么受欢迎的呢？我很久前去登丹

①行基:日本奈良时代的高僧。

泽的时候，知晓此山的人并不多。记得我是照着《山岳》上的丹泽纵贯游记，从青野原出发，爬上烧山，到了姬次一带，发现已迷路，只好折返。

那就是第一次登这座山。

丹泽之名给一般人留下深刻的印象，是在关东大地震中作为震源地骤然成名。然而，丹泽获得大批登山客青睐则是地震之后很久的事了——大概是山脚下通了小田急电火车①，距离较近的横滨山岳会又在塔岳建了登山小屋之后了吧。

横滨山岳会对丹泽的贡献不容忘记。

从东海道线上的小田原附近看丹泽山地，最显眼的就是“大山”，古人是不会把这样形态端正的山轻易放过的。山顶有一座巨岩，被人们奉为神体。据说，华严宗的开派之祖良弁大和尚，于天平胜宝七年(755)为其开山。

大山，又名雨降山。因为山顶总是汇聚着很多云雾，常会降下大雨，故而也成了祈雨圣地。现如今，正面登山口处还遗留有很多江户时代消防团给山神捐的石碑：

有时雨多成民怨，八大龙王且留情。

这首源实朝②的和歌，据说就是祭献给大山山神的。然而，现代的登山客们会躲开这种来历不凡颇有世俗味儿的山，更偏爱自然原始的山。在丹泽山地，大山别具一味。人们登山的目的地，主要

---

①小田急电火车：原名为“小田原急行铁道”，是日本大型私铁公司的列车。
②源实朝(1192—1219)：日本镰仓幕府第三代征夷大将军。

是塔岳、丹泽山、蛭岳等一系列山脉。离村镇最近的塔岳,旧时就有人爬,山顶附近有一块高五丈八尺①的巨岩,被叫作黑尊佛,十分受人尊崇(但在大地震时已崩坏)。旧相模国②自古以来赌博盛行,据说每年五月十五日,赌徒们就会相聚在去祭拜黑尊佛的路上热闹地开张。

丹泽山地的最高峰是蛭岳(毗卢岳),又名药师岳。我第一次登顶是很久以前的事了。站在山顶极目远眺,森林郁郁葱葱,那才真叫深山老林。站在蛭岳山顶向西望去有个桧洞丸,是丹泽第二高峰,山头又矮又胖,树木茂盛,没有路,被人称为怪山、秘峰。

也不知道这些美丽的地方,如今是否还依旧保留着原初的美丽。

七十二、富士山

关于这座日本第一的山,我还要再说什么呢?为了编一本《富士山》,我曾经遍猎文献资料,但是资料越查越多,最后不得不放弃。世界上恐怕再没有哪座山像富士山如此多地被人们描写、歌唱和传颂了吧。

富士山是国民之山。日本人从孩童时代就唱着富士之歌、画富

---

①日本 1 尺约 30 厘米,1 丈是 10 尺。

②相模国:是古代日本令制国之一,属东海道,又称相州、湘州。相模国的领域大约为现在的神奈川县(东北部分除外)。

士的画长大。给自己家乡形态最美的山起名为某某富士，作为最美、最高贵、最神圣的独一无二的高峰，富士山总是被人们举作典型。

世界各国都有其代表性的名山，却没有像富士山这样代表一个国家、成为国民精神财富的山。从昔日要把富士山“歌颂万代，传颂万代”的《万叶集》开始，我们日本人就多么依赖富士山的熏陶啊。假如没有了富士，日本的历史或许会走上另一条道路吧。

富士山单纯而大度，不耍小花招。这才是万人皆宜的原因。它从来不拒绝任何人，却也很难有人能够领会它的真谛。虽然连小孩子都能画富士山，但若想画出真的富士，即便是画坛巨匠也会感到棘手。有摄影家感叹自己一辈子在拍富士山，至今没有会心之作。还有哲学家盯着富士山在那里苦思冥想。

然而，这一切说到底也只不过是从地面冒出来的巨大土块和圆锥形的大块头的山罢了，到底什么地方那么神秘、那么复杂呢？富士山为所有的艺术家提供了无穷无尽的素材。山部赤人①曾歌颂道：“仰不尽之高岭，极百目犹不厌。”松尾芭蕉也有俳句道：“云雾随变换，百景一时现。”池大雅②曾经多次登上富士山，每次都会换路线，从各个角度观察富士山，创作了《芙蓉峰③百图》。葛饰北斋④

---

①山部赤人：日本万叶时期诗人，三十六歌仙之一。大约相当于中国唐中宗时人。生卒年月不详。

②池大雅（1723—1767）：日本画家、书法家。

③芙蓉峰：即富士山。

④葛饰北斋（1760—1849）：日本江户时期杰出的浮世绘画家。

也是富士山的赞美者，并且在《富岳[1]三十六景》中留下了《凯风快晴》和《山下白雨》等传世杰作。梦窗国师[2]将富士山用作园林的背景，北村透谷[3]则在富岳发现了诗神。

富士山是大众之山。它为民谣小调所歌唱，为狂歌狂句所调侃，并总是为谚语和寓言所引用。报纸初版的首页大都是富士山的景色，冠有富士名字的公司和商品数不胜数。

富士山任人摄取，却又以一种不容许任何人直达其内心的气势，永远高大地耸立在那里。

七十三、天城山

“天城”是我从很早之前就一直怀念的名字。记得还在读旧制高等学校[4]的时候，每次收假回到宿舍，总有哪个同学会说起去伊豆[5]旅行的事。谈话中，他们会一个劲地说到天城山，还有山间浓浓乡土味儿的温泉名字。或许那个年代，伊豆旅行在学生中很是流

①富岳：富士山的别称。

②梦窗国师（1275—1351）：本名梦窗疏石，是临济宗高僧，对日本佛教和庭院艺术的发展有较大贡献。

③北村透谷（1868—1894）：日本明治时代浪漫主义诗人、文艺评论家。

④旧制高等学校：基于1894年及1918年的《高等学校令》设置，存续至1950年的日本高等教育机构。

⑤伊豆：位于静冈县东部的伊豆半岛及东京都的伊豆诸岛，是日本的旅游胜地。

行。著名小说《伊豆舞女》的作者川端康成[1]就是其中的一个。像书中描述的那样的高等学校的学生很多。

我爬天城山则是最近几年的事了。那是12月下旬,我打算从东至西走一遍天城山,就先从伊东坐巴士。一路上开辟在丘陵间漂亮的车道使我震惊,一直来到大室山下。大室山像一碗上供的米饭,圆圆高高地隆起,整座山草木已枯成驼色,山肌赤裸,没有一丝阴影,沐浴在冬日温暖的阳光里,在这样的山上,似乎不论躺在哪儿都能惬意地晒太阳。

与阳光满满的大室山形成鲜明对比的则是黑兮兮的矢筈山,看着这像其名称"矢筈[2] kuò"一样的双头峰,我越过平缓的草枯丘,来到远笠山脚下的山地小屋住了一晚。第二天一早,我先登上了远笠山——这是一座有着舒缓山梁的圆顶斗笠状的山。从那里要先下到宽广的平原,再去登万二郎岳。从万二郎岳到万三郎岳是天城的中心区,真有点儿深山老林的感觉。那儿有很多马醉木[3]、紫茎[4],还有高高的杜鹃花。有点儿南国山地的意思。但毕竟海拔在1300米以上,风很凉,山上的冰霜白天也不会融化。

---

①川端康成(1899—1972):日本新感觉派作家。代表作《伊豆舞女》《雪国》等。1968年获诺贝尔文学奖,亦是首位获得该奖项的日本作家。

②矢筈:箭尾扣弦的部分

③马醉木:属杜鹃科戾木亚科,为常绿阔叶灌木或乔木。树高通常在0.8—3米之间,全株有毒,但花叶观赏价值极高。

④紫茎:落叶灌木或小乔木,高6—15米。

天城有一个好处——视野极佳。眺望大海，吞云吐雾的大岛[①]为首的伊豆七岛以各自独有的形状漂在海上，正对面还可以看见高大耸立的富士山——对天城来说，这是不可缺少的背景。喜欢登山的人，肯定不会错过富士山左侧那重峦叠嶂的南阿尔卑斯山脉吧！

我沿着万三郎岳到天城垭口的山梁，横穿了好几条荒凉的垭口，来到八丁池。原本打算在幽静的天城山中过一夜，但这个浪漫的计划由于太冷而泡汤了。我只好从天城垭口下到汤之野。天城多温泉，得天独厚。我在汤之野的便宜旅馆里早上醒来，隔着溪流，对面的山丘上，茶花树和蜜橘平添了一抹南国的色彩。

七十四、木曾驹岳

木曾驹岳山名的由来有各种说法。《续日本纪》[②]中有记载说：

天平[③]十年春正月一日，信浓国献神驹，身黑而鬃尾白……

于是，有人以此为依据，认为这是驹岳山名的由来。也有一说称，山麓地区的龙崎菩萨和羽广菩萨很灵验，自家的马生病了想痊愈可向他们祈祷，便以“驹岳”为山名。另外，《新著闻集》中提到，这座山上有一匹体型威武的菊花青宝驹，因此也有人认为山名便来

①大岛：位于东京都南部，是伊豆诸岛中最大的岛屿。

②《续日本纪》：日本平安时代初期的敕撰史书，由藤原继绳、菅野真道等人编著，记录了公元687—791年共95年的历史。

③天平（729—749）：日本圣武天皇的年号。

源于此。但是，与这些相比，有一种说法流传最广——据说山的名字，是因为残雪与岩石刚好能在山上显现出一匹马的形态。

木曾谷、伊那谷两边都有登山路线，很难说哪边是山的正面，哪边是山的背面。如果以宗教登山为准的话，木曾一侧应该是正面吧。从登山口上松开始，一直到山顶，一路上净是各信仰团体修的各种建筑。而且，最上面的山顶上，还有一个花岗岩围栏环绕的很气派的神祠。

天文①元年（1532）7月，木曾的德原长大夫春安曾在山顶上举行祭祀保食大神②的仪式。之后，主神社便迁到了山脚下，后来演变为产土神③。自古以来，木曾地区就盛产农耕马，驹岳也因此一直被世人尊崇。德川时代，修道之人流行登山修行，驹岳与木曾谷对面的御岳一起繁荣了起来。

与木曾一侧的宗教世俗化相反，伊那一侧的登山路线还保留着原始风貌。不过，登山历史同样悠久，只不过不是因为宗教，而是因为山地调研和登山。据记载，元文④元年（1736）和宝历⑤六年（1756）这两年夏天，当时统领伊那谷地区的高远藩的藩士曾组织大部队登山，第一次藩士和随从21人，民夫93人，共计114人登山。

---

①天文（1532—1555）：日本后奈良天皇的年号。
②保食大神：日本神话中的五谷神。
③产土神：守护出生地的神，近世以后视为同氏族神、镇守神。
④元文（1736—1741）：樱町天皇时代的年号。
⑤宝历（1751—1764）：桃园、后樱町天皇时代的年号。

这次登山对老百姓也产生了很大影响，此后，集体登山的习俗似乎流传了很长时间。大正二年(1913)8月，伊那郡的中箕轮小学的师生及校友会成员一行37人在山上遭遇暴风雨，校长等11人不幸遇难。当时这个登山遇难大事故也是举世震惊。

驹岳之所以登山者众多，也是因为无论从伊那一侧还是木曾一侧，都距离村镇较近，距离一近，山就陡了。两侧有村镇的地方海拔都只有六七百米，然后一气爬到3000米左右，陡是很自然的了。

我气喘吁吁地爬过森林地带的陡坡，一下子来到高山地带时，那种感觉真是畅快。这里山上还有一个“浓之池”，在冰川遗迹冰斗的底部，从山顶附近的登山路上下望，池水碧绿，在脚下深处。自古以来，这浓之池就被神秘化、传奇化了。传说在池边求雨很灵验，所以木曾、伊那的农民经常会爬到那里去祈雨。

我曾两次登上山顶，都是在战前。第一次是从伊那一侧上山，木曾一侧下山。第二次是从南部的越百山，沿主体山脊纵贯，来到这山顶。当时晴空万里，极目远眺，四周景色一览无余。西边的御岳巍峨耸立，伸向远方的悠长的山脚线，非常壮观。东边是南阿尔卑斯和八岳。往南看，嶙峋料峭的宝剑岳右面，空木岳与南驹岳比肩而立。山顶与中岳之间是一片景色宜人的开阔原野，叫作“院子”。信步其间，一时竟流连忘返。

七十五、空木岳

中央阿尔卑斯的北半部，主峰是驹岳，那里登山者众多，很是热闹，不过也因此，到南半部爬山的人就一下子少了。南半部最高峰就是空木岳。登山的人是浪漫主义者，会被美丽的名字吸引。每人心中都会有几座山，虽然还没有登过，但是一直被那美丽的名字吸引着。

空木这名字，或许是从空木花来的吧。在接近海拔 3000 米的山顶上，当然不会有这种落叶灌木。山的上面还白雪闪耀时，山脚下却已是空木花儿盛开的时节，也许名字就是从这景色来的。

我登空木岳，是沿着南面越百山的山脊北上开始的。山脊上那长长的道路长满了爬地松，巨石群就像打翻了巨人的玩具盒一样散落一地，而且都是白色的花岗岩，与爬地松的绿相映成趣，形成一道美丽的风景线。越过仙涯岭和南驹岳，空木岳就很近了，散落的巨石越来越多，在乱石里钻来钻去，终于到了山顶，就会看到山顶上小小的神龛。

我在山顶上休息了一会儿，从东侧往下，走 30 分钟左右有一个叫空木小屋的地方，就歇在那里了。附近有块叫驹岩的方方正正的巨岩，它的裂缝就像用尺子量着纵横切割出来的一样。这要是有个大地震什么的，还不像积木一样稀里哗啦地塌下来？

空木小屋坐落在山麓一小块平地的边上。草地上到处都是桦树，湍急的小溪，高高的藜芦中盛开着圆穗蓼花……我之所以知道这么生僻的花名，是因为一起登山的同伴是高山植物学家。我们俩索性让脚夫准备晚餐，自己则不知厌倦地眺望着空木岳一点点隐入暮色。

第二天天不亮我们就出发了，空木岳顶上的天已有些发亮，但我们住的山窝这里连脚底的路都还看不清。当我们再次挑战空木岳时，天一层层渐渐变亮。这个时候看满山坡的植物，呈现出缤纷的色彩，真是美极了。

从这花田般的地段向爬地松地带过渡的时候，南阿尔卑斯的剪影之上，万里无云的晴空中，我们迎来了完美的日出。

大概一个小时后，我们再次站上了山顶。

伊那谷完全隐在云层之下，南阿尔卑斯山左首一侧，八岳连峰就像长方形的陆地般横浮在眼前。在空木山顶这清晨美景令我们心满意足，最终，我们就向着木曾殿越的鞍部，沿着陡坡下山而去。

七十六、惠那山

读过岛崎藤村《黎明前》的人想必忘不了马笼驿——这个爬上美浓十曲垭口快到木曾路入口的小镇。马笼南边就是高耸的惠那山。孩提和少年时代的藤村就是看着它长大的。很自然，它就时常出现在《黎明前》一书中。有一段是如此描写惠那山的：

远远的向着美浓平原一路落下去的巨大斜坡，北边是仿佛要将山打开给我们看的又高又深的山谷，山腰处是俗称“锅梁”的半圆状地形，从蕨坪、雾原等高原一直到山下的几个重重叠叠的山丘，从既不太远又不过近的位置，能望见如此有趣的山麓，再也找不到其他的地方了。

拜读藤村的这部大作是在很久以前了，从那时起，惠那山就给我留下了深刻印象。

从东海道的岔路进入中仙道，快到木曾路的地方，像门神一样立着的便是惠那山。古代的中仙道穿过惠那山东北的神坂垭口，通往伊那谷。据说神坂这个名字，源于日本武尊东征归来曾途经此地。事实上《万叶集》中也有《荒神之御坂》的和歌。御坂原本在和铜年间(8 世纪初期)是主干道，到了南北朝①分裂的战乱时期就荒废了，而如今的木曾路就被选定为中仙道。

也就是说，过去走神坂路的行者，是一路望着惠那山赶路的，如此有名也是理所当然。

举目白云上，御坂高山巅。

这是《后拾遗集》中能因法师②的和歌，如果他不是沿用“白河之关”的手法，而是真的看着实景所作的话，这“高山巅”就应当是惠那山了。

---

①南北朝：日本同时出现了南、北两个天皇，并有各自的传承，是日本历史上一段分裂时期。发生于 1336—1392 年，之前为镰仓时代，之后为室町时代。

②能因法师(988—1058)：俗名橘永恺。平安时代中期和歌大家，有 31 首和歌被收入《后拾遗集》。

神坂，只不过是惠那山延伸出的山梁上的一个鞍部罢了。

惠那山的主登山口，从中津市向南溯流而上，在一个叫川上的小村子。这里除了有惠那神社之外，自古流传的木偶戏作为“川上文乐”被指定为非物质文化遗产。

虽说是 4 月下旬，山上仍有着积雪。

从山顶望去，南阿尔卑斯的全貌尤为漂亮。一长串的连峰闪烁着白雪光辉，争奇斗艳的身姿让我震惊。韦斯顿的游记提到，赤石岳的南山梁上可以窥见富士山，可我没见上。倒是让我得到了意想不到的礼物——

我望见了故乡的白山，那纯白无垢的洁净的云漂浮在远方的天空。

七十七、甲斐驹岳

从东京横贯山之国甲斐①，一路通往信州的中央线②，对于我们这些大山的信徒来说，这条铁路最为亲切。先飞驰而下进入甲府盆地，俯瞰着左首釜无川山谷，一路喘息着奔向信州。不久前还距离甚远的南阿尔卑斯如今就在窗外。也就是在这个时候，金字塔一般的甲斐驹岳，携着一边的怪异岩峰摩利支天吓得我们瞪大了眼。隔着一条釜无川，抬头仰望，只见那山从河床拔地而起，一气就是海拔

①甲斐：甲斐国，俗称甲州，今山梨县。

②中央线：由东京直至名古屋的铁路线。

两千好几百米。

日本阿尔卑斯山中，山顶最美的山是哪座？我的回答还是甲斐驹岳。远眺的景色目不暇接自不待言，白色花岗岩沙砾铺满的山顶实在是美。信州一侧将它称作“白崩山”，名副其实，从远处看它就是一座白沙之峰。我第一次登顶是从信州一侧的北泽小屋出发，经过仙水垭口，越过驹津峰而去的。过了名为“六方石”的巨岩之后，便直扑进甲斐驹岳的巨大怀抱。放眼望去，一片纯白色的沙砾白得晃眼。时值 9 月下旬，沙砾铺成的纯白色“地毯”上，处处还有叶子全红的熊果①点缀其间，更添加了一丝迷人的色彩。从这里要踩着嘎吱作响的白沙往山顶和通往摩利支天的鞍部爬，但这些白沙太好看了，实在让人不忍心踩上去。在南阿尔卑斯中，因花岗岩沙砾的美而著称的，只有这甲斐驹岳和它旁边的凤凰山了。

日本阿尔卑斯山中最难爬的路，大概便是这甲斐驹岳的主参道了。要从海拔 600 米左右的山脚一气上到接近海拔 3000 米的山顶。在我国的山里边，从山脚到山顶拥有海拔 2400 米以上的高度差，除了富士山之外再无他山。至于木曾驹岳，不论从木曾那一侧还是伊那一侧，虽然都有相似的高度差，但登山路却很长，很平缓。不像甲斐驹岳这样一条路直通向山顶。

甲斐驹岳的主参道，除了途中黑户山那一段较为平缓之外，都是一个陡坡接着一个陡坡，越往上爬倾斜的角度越大、越陡，一路上

---

①熊果：又名熊葡萄、熊莓、紫林，是杜鹃花科熊果属的一种植物。果实是红色的浆果。

时不时地出现梯子、铁链、铁索。一般情况下,从山脚到山顶不可能一天爬完,要在五合目或七合目的小屋中借宿一晚才行。

在我国,名为驹岳的山很多,但甲斐驹岳是首屈一指的。为了同西边的木曾驹岳区别,以前被称为东驹岳,现在就统一叫作甲斐驹岳。山名的由来,从甲州的巨摩郡和驹城村等地名推测,以前山脚下有许多产马的牧场,所以才有了这个名字。

甲斐驹岳是一座名山。若是让我选出日本十大名山的话,我当然不会落下它。它自古就被人们传颂、崇拜,也是很自然的了。

七十八、仙丈岳

按我个人的爱好,日本阿尔卑斯山中,北阿尔卑斯我喜欢鹿岛枪岳①,南阿尔卑斯我喜欢仙丈岳②。特别是它们的山姿——既不是单纯的金字塔形,也没有笨重的山体气质,是那种一眼看上去没什么,但常看常品,就能发现它们的魅力的山。

南阿尔卑斯大抵重峦叠嶂,而仙丈岳却有一种飘然独立的气势。诚然它是和群山相连的,但却明显高出相邻的山峰许多。远远望去,优雅的轮廓线甚是大方。庞大的山形却丝毫不见粗壮笨拙,是因为它有自己漂亮的看点。

这看点就在于山顶上的三个冰斗。这三个冰斗,各自在薮泽、

---

①鹿岛枪岳:详见本书第47章。

②仙丈岳:位于日本山梨县和长野县交界处。

小仙丈泽、大仙丈泽的源头，张着大大的口。从甲斐驹岳，能看见薮泽和大仙丈泽的冰斗，从北岳，可以看见大仙丈泽和大仙丈泽的冰斗。这三处凹地，残雪一直留到最后，给人留下深刻的印象。

仙丈岳地处深远，从甲州根本望不到它。一些古老的山岳游记将它叫作奥仙丈岳。仙丈这个山名大约是源于“千丈”，形容山的高度。

至于小河内岳这个名字，缘于它是小河内谷[①]的源头，现在小河内谷被改写成了尾胜谷，是因为还有别的地方也有小河内，为了避免混淆。

人们是从何时开始攀登仙丈岳的呢？有明确记载的是明治末年到大正初期这一段时间，大概是在南阿尔卑斯登山的“黎明”期——一些登山先驱雇用当地的猎人当向导，踏入这座未知之地之后开始的。他们分别从三峰川[②]的源头，从尾胜谷，从野吕川，从这些没有路的地方爬上了山顶。

然而，我们能看到的最古老的文字记载，是明治四十二年(1909)河田默氏的登山记。其中记载着山顶竖立着三个石碑，刻着“前岳三柱大神、明岳大神、国常立尊和国狭追尊”，证明很早以前就有人攀登过仙丈岳了。而且，这些宗教登山者大概是从市野濑[③]来的。从仙丈岳的山顶向西延伸的山梁就是以前的登山路，这

①小河内谷：今尾胜谷，位于仙丈岳西面。
②三峰川：发源于仙丈岳西南部。
③市野濑：长野县伊那市的地名。

从途中有一座叫地藏岳[①]的山头也就能推测出来。户台口[②]都通车后，从那里可以步行至赤河原[③]的小屋，然后再登顶，一天时间就能打个来回。以前地处深山老林的仙丈岳，现在成了南阿尔卑斯山中最容易接近的山了。据说不久还要开通连接野吕川和户台川[④]的货运线，到那时北泽垭口周围就会成为炙手可热的旅游观光胜地，来仙丈岳登山的游客也会不断增加。

人过中年之后，我常带着老伴一起爬山，仙丈岳就是其中一座。那是在 9 月下旬，我们从北泽垭口的长卫小屋出发去爬山。到了山顶后发现那里建了一个兼做遇难者追悼碑的气派的大罗盘——以前山顶可是没有这个。

真希望不要在山顶搞什么人工建筑物。

七十九、凤凰山

凤凰山现在是地藏岳、观音岳、药师岳的总称——虽然这三个山的名字分别指哪个还存在异议。我们以“绯崎”地图为据——尽管该图只把观音岳、药师岳标为凤凰山，地藏岳不在其中，但我还是认为把三座山统称为凤凰山较为稳妥。

---

①地藏岳：南阿尔卑斯山东北部“凤凰三山”之一，海拔 2764 米。
②户台口：位于长野县伊那市，仙丈岳的登山口之一。
③赤河原：长野县户台川上游的名称。
④户台川：流经长野县伊那市的河流。

凤凰山山顶的巨岩地藏佛高约 18 米,有如石柱一般,令人印象深刻。即便从甲府盆地遥望,仔细看就能认出,是凤凰山的标志。第一个爬上这块巨石的是韦斯顿,在明治三十七年(1904)的夏天。韦斯顿所著的《日本阿尔卑斯·登山与探险》一书很有名,而他之后出版的《远东度假胜地》虽不太为人所知,但当中详细记述了他攀爬地藏佛的经过:

……两块巨岩结合部,有条巨大的石缝。我经过观察,决定先爬上当中一块较低岩石的突出部。我站在一个小架子上,让脚夫用冰镐固定住脚下,不断将一条 80 英尺长、顶端系有石头的爬山绳朝结合处的石缝投掷。多次尝试后,终于把绑有石头的绳索卡在了石缝上。随后,我用左手抓住绳索,一步步艰难地向上攀爬。到了上边,岩石突出,无法再利用绳索,只能靠指尖保持身体平衡继续爬,最后总算是爬上了那块较低的岩石。从这里到最高点,几乎是垂直的岩面,但好在有很多坚固的支撑点,所以我没有费大力气就爬上了岩顶……

可以说,韦斯顿的这次行为是日本第一次真正意义上的登山,也是有记录的日本最早的攀岩活动。

韦斯顿的成功攀顶,在伴他同行的人中间引起了轰动。人们说:你是第一个登上这神圣且险峻岩石的人,你就在山下建个神社做神官吧。对牧师韦斯顿来说,如此奇妙的宗教请求还是第一次。

第二个登顶地藏佛的是来自神户的敦特一行三人。他们在三位芦安当地熟练的脚夫带领下,顺着北边向上攀登,下来时走的是韦斯顿当年的路线。这次攀登已经是距韦斯顿攀登 13 年之后的 1917 年了。

我第一次攀登凤凰山还是在昭和七年(1932)的秋天,也算很久以前了。跟小林秀雄、今日出海两人一起完成的。我手头当年的照片上,他们两个脚蹬草鞋、打着绑腿,一副麻利干练的样子。

当时,我们在绯崎雇了位向导,从青木汤出发,沿着敦道科河向上爬。手脚并用的陡坡,对第一次登山的今日君多少显得有些残酷。后来他在述怀中常说:“你小子带着我这个第一次爬山的菜鸟,去了那么个整人的地方!”当晚,我们借宿在北御室小屋,第二天我们爬到了地藏佛的下面,但没有攀爬那巨岩。此行让小林君养成了登山的癖好,之后便经常与我一道去爬山。

八十、北岳

谁都知道日本最高的山是富士山,但要问他:第二高峰呢？知道的人却寥寥无几。即使你告诉他说:是北岳呀！他也会一脸茫然。如果再告诉他:就是甲斐的白峰。对方也仅仅会说:这名字听说过。

我曾在一个晴朗的冬日,专门到书中说的古骏河国“过了手越”那一带去看山。由富士山西侧看到远处银光耀眼的山峰,但那并不是北岳,而是再靠前的赤石岳和恶泽岳。

不过,过了骏河进入武藏国,列车窗外有一个地方可以清楚地看见甲斐白峰，也就是被称为“白峰三山”的北岳、间之岳、农鸟岳。战前我住在镰仓，去东京途中，穿过六郎川大铁桥一带时，只要是天气晴朗的日子，我总忘不了多看两眼北方的天空。而且，总能看到碧空的那头有三座雪白的大山并肩而立。每当那时，我总要在口中念叨我喜欢的那句：

远远望去，北方有一山，白雪皑皑。

三山的最高峰是最北面的北岳，旧时就叫“甲斐之根”。《甲斐国志》中写道：“此山乃本州第一高山，镇西方，乃国风咏为甲斐之根者”。书里记载，峰顶曾祭祀日神，可见人们至少在两百年前就已确认了北岳的存在。

旧时就有名的这么一座山，同时又是我国的第二高峰，却不为人知，原因之一就在于北岳十分谦逊。它没有那种惹人注目的特点，也没有什么奇绝奇险值得夸耀之处，但是，它却有高雅的气度，总是谦虚地耸立于前山之后，却不失威严。是一座很有品位的山。

北岳的高洁品质只有真正喜欢看山的人才可以感受到。即使在白峰三山中，北岳的形态也是很潇洒的，有一股清秀的高雅贤士之风。从南面的间之岳和农鸟岳看它也不错，但还是太近了，反而是退到北边的驹岳和“阿萨要峰”看到的北岳的姿态那才真是天下一绝——昂首直插云天，飒爽却不轻薄，有一种令人陶醉的高雅端庄之美。富士山若是大俗大雅，北岳就是山中哲人。

我登上顶峰之时是 10 月过半，一个美丽晴朗的下午。当日我们一行从池山小屋出发，沿着被称作吊尾根的山棱前进。登上陡坡,来到平缓广阔遍地爬地松的山梁上,北岳突然出现在我们眼前。之前一直离视线很远的北岳,忽然太过近距离的体验,它的真容着实吓了我们一跳:北面攀岩者修炼的绝壁仿佛伸手可触,从峰顶直下的近乎垂直的绝壁上布满了石突、岩缝和山棱。

山顶甚是寂静,一丝微风也没有。北岳巨大的三角形山影,隔着大桦泽,渐渐地爬到对面的山上。碧空之下,富士山自不必说,南阿尔卑斯群山也在视线中齐聚一堂,将我们包围其中。这是登山者登上山顶的至福之时。

近年来,野吕川的广河原通了公路,这大深山里的北岳简简单单也能爬了。不知这到底是喜还是悲。

或许对我来说是后者。

八十一、间岳

北岳、间岳和农鸟岳通常被称为白峰三山,但它和白马三山(白马、勺子、锤岳)、立山三山(雄山、净土、别山)有很大不同。北岳、间岳和农鸟岳三座山规模太大,三山各有各的风格,是穗高群山的奥穗、前穗、北穗那样的差别无法相比的。例如,站在北岳眺望间岳时,间岳之庞大令人震惊,岿然不动地堵在眼前。不管是从山的容貌,还是从距离而言,完全是不同的山。

不管《甲斐国志》中所说的三峰是哪三座,我们所说的白峰三山是指北岳、间岳和农鸟岳。这是毋庸置疑的。只是让我有点遗憾的是，“农鸟”一名当年应该给间岳留着。而现在的农鸟应该叫南岳或者“别当代”。

现在的农鸟岳之所以确定这个名字，唯一的依据是在距离山顶仅一尺的地方，可以看见残雪构成的鸟的形状。但在后来，间岳也被人看出了鸟的形状来——两者都是站在甲州方向看到的。前者是面朝南方的白色水鸟，而后者的鸟则更大更分明清晰，是一只喙朝向南方的山鸟。这是从间岳山顶伸出的两大山梁之间那白雪皑皑的山涧里看到的。

我想，《甲斐国志》中所提及的鸟形，大概是指间岳的这只鸟吧。前面提到的争论中，有人间提议：废弃“间岳”这样的名字，干脆叫“东俣山”。在我看来，不叫间岳，莫不如叫农鸟岳这富有个性的古名更合适。

白峰三山这个叫法源自《甲斐国志》中一篇以《南北相连有三峰》为题的报道。并说：

……现如今专称北方最高者为白峰……。中峰又名间岳或中岳。此峰下至五月雪渐融有一处现鸟形，土人见则农耕，故又称农鸟山。其南曰“别当代”。三者一脉相连，统称白峰。

综上所述，《甲斐国志》的三峰指白峰、间岳（中岳或农鸟山）和别当代峰。但白峰三山窨对应当前的哪座山呢？关于此，小岛乌水先生和高头式先生曾有过争论，内容刊载在《山岳》第七年至第九年（1912—1914 年）的杂志上。两人又是参考古地图，又是引用古文献，旁征博引，再加上有第三人、第四人参与进来插话，场面实在喧嚣不已。让人不由得对这些前辈们如此认真地考证山名心生敬意。

因残雪形状或山表岩石裸露形状而得名的山在日本还有不少,可是它们只在晚春到初夏这短短的时间内能看见。即便这逃不过山脚农耕人细心的眼睛,一般人是很难察觉的,更不用说忙于俗事的现代人了。

当然,到目前为止我也未曾有幸看到过。但是,我们爱山的人,每次坐着中央线的火车穿过笹子隧道时,无不凝视正对面横亘在甲府盆地尽头白峰三山的威仪。三山中间那座——左右拉着长长山脊线的雍容山体的就是间岳。它比北岳低 3 米,比穗高仅低 1 米,是日本第四高山。但它庞大的山体在日本阿尔卑斯山脉中却是第一名。

随着火车下到盆地,北岳从我们的视线中消失,间岳也渐渐变得渺小。但是,如果有人在此换乘"身延线"南下的话,途中可以再次看到间岳——像一堵石墙出现在头顶,实在是太大了。

称它为"天障"再合适不过了。这座山从下仰望时都已这样了,登上山时更会惊叹它的庞大。从"池山吊尾根"或者农鸟西峰上看是最靠近的,它大得给人一种"无法攀登"的感觉。北岳和农鸟岳都有明显的一个高点,而间岳的山顶则非常宽广。

间岳不愧是白峰山脉和赤石山脉的结合处,实在够分量。大井川、三峰川和早川,三条大河都是从这个庞大的山体发源的。间岳山山相柔和,山梁宽阔,像是一条悠闲的散步道。然而,一旦雾气腾升，在这座山里就会迷失方向，是一座不容掉以轻心的山。

八十二、盐见岳

盐见岳也叫“荒川岳”，三峰川上流的一个支流南荒川就是从这座山发源的。但是在同一山脉中还有别的山也叫荒川岳，这就很容易让人混淆，所以在大正初年废弃掉了“间之岳”和“荒川岳”这两个名字，统一叫“盐见岳”了。不过盐见岳并不是新名，很久以前山脚下就有人这么叫了。

武田久吉①博士早年有一篇文章叫作《关于盐见岳的称谓》，文中说，盐见岳山脚下的大鹿村中有一个传说：相传很久以前“健御名方命②”经过这里，看到鹿盐的山谷里有盐，因而把这山谷（盐川）源头的山起名叫盐见岳。然而正像武田博士所说，盐川的源头是本谷山，从山谷里也看不到盐见岳。此外还有一个说法：据大鹿村的猎人讲，以前山脚下的村民吃不到盐，很是为难，于是空海法师便登上山顶，眺望大海，将海中的盐召唤进山谷，所以这座山得名“盐见岳”。不过后来我通过史料发现，书籍中并无弘法大师来过这里的记载，而且从山顶上也是看不见海的。

或许盐见岳这个名字与山下的地名有关吧。在鹿盐川沿岸分布着大盐、小盐和盐原等部落，中心地叫鹿盐。从鹿盐出发沿着盐

---

①武田久吉（1883—1972）：日本的植物学者，登山家。

②健御名方命：长野县诹访市诹访大社祭祀的神。

川稍微往上走一点,有一处叫作"盐汤"的含盐温泉。1 升泉水中含25 克盐(海水为 30 克),是我国盐分含量最高的温泉了。据说古时此地曾自己造盐。在这深山之中,人们更加依赖山中的食盐而不是海里的,真好比是日本的"盐世界"啊。

鹿盐就在登山口处,我沿着盐川逆流而上,一路是长长的陡坡,登上斜坡,便来到了三伏垭口。从三伏垭口上盐见岳是常规的登山路。

三伏垭口是日本最高的垭口,海拔 2580 米。古时从伊那出发,越过三伏垭口之后,下到大井川上游,过了"扽刺库垭口",就会出现去甲州新仓的伊那官道,据说来往的行人不少。这条道翻山越岭陡峭得让人惊讶,不过对于只能靠两条腿行路的古人来说,这也许并不算苦。

站在三伏垭口上,隔着眼前的中俣川仰望盐见岳的雄姿时,古时的旅人想必都会惊讶得大气都不敢喘了吧。从三伏垭口看到的盐见岳还真是天下一绝。如此壮美的山不可能没有名字。"盐见岳"这个名字一定早就有了,而且人们一定也早就有拜它的习惯了。

从三伏垭口去登盐见岳得先爬上本谷山,再绕着权右衙门岳的山腰迂回前行,所以相当远。快到山顶的时候,有一座"天狗岩"把门。越过它再爬完最后一段陡坡就到了盐见岳的山顶。山顶由两处凸起的山头构成,东侧的峰头要比有三角点的峰头稍高一些,从这里看向周围,可以看到大部分南阿尔卑斯山脉的雄峰。特别是从这里眺望富士山,比起其他任何地方看到的都美。无论是距离还是位置,这个山顶都拥有让富士看起来绝美的观赏位置。从盐见岳的山顶俯视脚下,北边是三峰川的源流,南边是大井山的源流中俣,两处地形深深凹陷,让人感受到山的深邃。近年来中俣地区的森林不断被砍伐,令人十分痛惜。

八十三、恶泽岳

恶泽岳第一次正式被报道出来是在荻野音松先生题为《骏州[1]田代深山横断纪》(《山岳》杂志第一年 3 号)的游记中。这个白面书生把自己明治三十九年(1906)9 月初旬从大井川上游西侧支流左岸的半山腰远眺恶泽岳时的景象做了如下记录:

……偶然间,从林间隔着山谷望见赤石山脉中有一赤红光秃的雄峰,我便问晃平(引路的猎人)这是何山?答曰:此山所出之溪流,西侧支流甚是险恶,称为恶泽,因而这座山也叫恶泽岳。这解释真是信口开河。大凡这一带的山名、河名及地名等,根本无书可考,更无人知晓,在下只能依大村晃平一人所言而记……

甲州打猎人随口提起的名字——恶泽岳,不久就被固定了下来。

我登上这座山时,看到山顶上立着一块"开山五十周年纪念碑"石碑,上面刻着这样一段话:"明治十九年八月,下伊郡河野村

[1]骏州:日本旧国名之一。属东海道。现静冈县中部及东北部。

敬社长开山正位，排除万难开此山。今逢开山五十周年之际，立碑纪念，以传后世。昭和十一年八月，北原痴山学人书”。

据说开辟赤石岳的是明治十九年组织敬神结社的堀本丈吉先生。古书里有：“赤石山绝顶三分，由荒川、锅伏、赤石岳三连峰而成，旧称‘三岭’。绝顶祭祀之山神称‘三峰神’。”或许这个“锅伏”指的就是恶泽岳。从赤石岳上眺望恶泽岳，就像个倒扣的锅。由于荒川相当于现在地图上的前岳和中岳（早期的登山家们将其称作奥西河内岳和鱼无河内岳），使得荒川并没有被明显地分为两部分，将其看成连着的一座山也是可以的。于是，来登拜恶泽岳主峰赤石岳的人往往就同时爬了荒川和锅伏这两座山。

恶泽岳在附近的山中海拔最高——从平原上就可以遥望到这座深山里的山，是多么开心的事啊。发现从东京就能远远望见恶泽岳的是木暮理太郎先生。20多年前，我收到木暮先生寄来的印着恶泽岳照片的明信片。照片里的恶泽岳是在新宿三越的屋顶上远眺时拍摄的，图片上能清晰地看见它洁白的身影。恶泽岳从那时起就深深地印在我的脑海里。冬天晴朗的日子里，曾经有多少次，我到郊外的丘陵或是高层建筑的屋顶，为的就是一睹远方那雪峰的风采。

木暮先生的文章里有这样一段话：“站在山顶上，恣意眺望奔驰在沼津一带的火车和游弋在东京湾的汽船，从房总半岛到伊豆半岛自不待言，越过知多半岛远眺伊势海，如此美景举世无双……”

这座山在视野靠近的时候，高大的形象就更让人印象深刻。从山顶往北边是尽情延伸的山梁;从山顶往东,满眼都是散乱的巨岩;再往前,就是下到千枚岳方向的广阔高原,还有从荒川岳一直延伸到恶泽岳的圈谷状的大斜面。景色各异,真是令人惊讶。

八十四、赤石岳

“日本阿尔卑斯”是广为流传的叫法,其中“北阿尔卑斯”是飞騨山脉,“中央阿尔卑斯”是木曾山脉,“南阿尔卑斯”是赤石山脉。而这赤石山脉名字的由来,便是因为赤石岳——它具有十足的实力做南阿尔卑斯的掌门。

赤石岳非常具有代表性,因而自古就闻名于世。明治十二年(1879),内务省地理局测量队登上山顶并立下测量标,十年后,又埋设了一级大地测量三角点。在这之前的一年,陆地测量部成立。如今,我们登山不可或缺的地图,从那时就已经开始测绘了。

当时协助测绘的是熟悉山岳的猎人和拜山敬神会的修行指导们。其中,身为修行指导之一员的堀本丈吉于明治十九年(1886),开辟了去赤石岳的登山路。截至明治三十四五年,有过不少的拜山敬神会通过这条登山路登上了这座山。当然,这些人都是因为信仰而登山的,要说最开始纯粹作为登山家而登山的,那还是不得不提韦斯顿了。明治二十五年(1892),这个爱好登山的传教士就登上了赤石岳。他从大河原市场出发,沿小涩川溯流而上,在如今已不复存在的“小涩之汤”留宿一晚,第二天经过十个小时的艰辛之后,终于在下午 4 点，登顶赤石岳。

时至今日，这条登山路线仍然没变。和韦斯顿那时一样，人们不得不涉过水流湍急、冰冷刺骨的小涩川。曾经有人开了一条绕开河道的路，后来垮塌了，又恢复了这条沿河的路。小涩川走到头是广河原，从这里开始是陡坡，途中会看到赤岩，韦斯顿曾说过，这赤岩便是赤石山名字的由来。

真正让赤石岳广为人知的是小岛乌水。他的《赤石山记》就登在《山岳》杂志第一年（1906 年）第一号上。他列举了赤石岳是日本名山的五大理由。其中第三条写道："其地质构造在全世界也属于最古老的，是褶曲形成高山之代表性名山。赤石岳是纯粹的水成岩①，与之相比，借助火成岩②来增加自身海拔高度的穗高山、枪岳和白马岳就像是变节的汉子。只有赤石岳保持着太古以来的纯粹。"

伊那地区有民谣："山是赤石哟天龙川③。"但从伊那谷只有部分地区才能看到赤石，只有从伊那大岛翻过前面的高山，来到鹿盐时，从那山坡上才能看到赤石岳的威仪。东面也一样，从甲府盆地④看不到赤石岳，必须要退到秩父或者三垭口才行。我是从金峰、瑞墙、惠那山看见它的。赤石山的每一座山峰都各具特色：有的

①水成岩：岩石的碎片等在水底堆积而形成的岩石。沉积岩的一种。

②火成岩：岩浆凝固形成的岩石。

③天龙川：发源于日本长野县诹访湖，向南流经伊那盆地后注入远州滩，全长 213 千米。

④甲府盆地：日本山梨县中央部盆地，为葡萄、桃的特产地。

如猫的额头一般狭小;有的开阔如同山下连绵斜坡的延续;也有的位于悬崖之上,被森林包围其中。但是,在我见过的所有山顶中,唯有赤石岳最为壮观。它大气开阔,却不仅仅是平缓,而是凛然收紧的样子。如此集宽容与威严于一身的山顶风光,再无他处了。

我登上它的山顶是在 10 月末的时节,除了一段时间云隙之间看到了富士山,远眺视野并不清晰。即便如此,不觉之间我也在山顶逗留了一个多小时。等到要下山往大圣寺坪去时,山脊东侧云海缥缈,竟现出"佛光"来,一直持续到我下到了小赤石。从小赤石回望赤石岳,山风吹拂的白云之中屹立着它的雄姿,至今难以忘怀。

八十五、圣岳

圣岳这个名字谁听了都会被吸引吧。从名字来想象,它是多么崇高纯洁之山啊。之所以觉得圣岳是一座脱俗的山,不仅仅是因为它的名字,还因为它作为日本阿尔卑斯山脉海拔 3000 米的高峰却处于最南端的偏僻之地,给人一种难以靠近的感觉。

圣岳是我迟迟未能登顶的山。一次又一次地错过机会,圣岳也在我的心中变得愈加宝贵。最后我放弃了沿着山脊纵行的贪心计划,单独以圣岳为目标去爬,终于登上它的山顶。

直接爬圣岳的话,从西侧可以沿着远山川上游的西泽而上,东侧可以顺着大井川上游的圣泽上到头。西侧的信州一带简称这座山为"西泽山",因为它是西泽的源头所在。圣岳这个名字,是东边的骏州一带给起的，是因为它如前所述，耸立于圣泽的源头。

我选择了东侧的线路。

熟悉以前大井川上游的人，现在去就会有一种恍如隔世的感觉。最里面的村落田代或小河内一带，水坝堵住河流成了人工湖，如今正在变成观光地，发电站的工程则波及了更上游。

我们从上游进入了赤石泽，然后再从赤石泽分岔进入圣泽。

我们的队伍走得并不是很急，边玩边爬。第一夜在田代的上米手的宿舍留宿，第二夜在赤石泽与圣泽的分水岭上面的山林工作站过夜，第三夜在圣平小屋，然后第四天到达了山顶。

圣平小屋刚建好时，据说四周还都是寂静的深山老林。我们去的时候，因前一年的伊势湾台风，很多大树七零八落地倒着。也许是神灵嘉奖我的诚心吧，赐予我们极好的天气。当爬上山梁上美丽的草原蓟坪时，圣岳初次呈现在我们眼前——一条厚厚的残雪刻于山间，以一种悠然的高山风姿卓然而立。沿着爬地松覆盖的山梁爬到圣岳山顶边上，就可以看到美丽的大岩壁朝西泽方向直落而下。

通往山顶的最后一段路是宽广陡坡，满是岩石碎屑，踩上去嘎吱作响。我们大口喘着气往上爬，到达仍有残雪的绝顶时无比欢喜。这里远眺极美。首先跃入眼帘的是隔着一条深谷巍峨耸立的赤石岳，东边是漂浮于茫茫云海之上的富士山上半身。

我曾在不同的山上眺望圣岳，期望有一天能踏上圣岳之顶。现在心愿终于实现了。我们踏着雪前往奥圣，躺在那儿的爬地松上，眺望着山，沉浸在闲聊里。当时没有一丝风，6 月初的空气令人肌肤清爽。我们在山顶待了一个多小时还意犹未尽。从来没有在海拔 3000 米的山顶上度过如此悠闲愉快的时光。

八十六、光岳

早在 30 多年前的夏天,我和朋友两人带着两名脚夫前往光岳山。当时寸又川还没有登山路。我们从远山川的下栗启程,第一晚露营在易老渡。第二天,沿着土路爬上了易老岳。那晚我们在易老岳和光岳的鞍部,一个人称三吉小屋遗址的林间空地支起帐篷过了一夜。

我们原本计划经由圣岳纵行至赤石岳——这次旅行如果加上光岳,要多花两天时间。即使这样,我们也一心想着问顶光岳。

然而,我们在两天时间内并没能登顶。自打在鞍部支起帐篷的那天傍晚就开始下雨,次日也一刻没停,一直下了一天一夜。第三天早上,我们总算等到天晴,赶忙去爬光岳,可登山途中天又转阴。登上山顶之时却无法展望,甚是可惜,仅能略微瞧见寸又川的上游。

北边山谷升起的雾气中佛光乍现,算是给人一丝慰藉。

我们所站之处山顶很小,于是我们稍往前行,又有一个安装着御料局①三角点的山顶出现在我们眼前——这里稍显宽阔。我打开一罐菠萝汁,坐在一株爬地松的树根旁休息——而它正是日本最

---

①御料局(1885—1947):管理日本皇室名下山林和原野的机构。

南端的爬地松。据脚夫讲,再往前的山就没有爬地松了。望向南边紧连着的山峰“加加森山”,果然满山都被黑木覆盖,连一点爬地松的影子都没有。让人愈发觉得,这里就是日本阿尔卑斯山的最南端了。

“最南端的日本爬地松,也就是东洋的最南端。”与我同行的植物学家朋友如此说道。

登山归来,我告诉偶然碰到的武田久吉博士,“我去看了东洋最南端的爬地松。”话音刚落,好诙谐的武田先生逗我道:“噢,那可是世界最南端的爬地松了。”

我的朋友为这株世界最南端的爬地松拍了照片,然后我们便辞别了山顶。时隔多年,我在 2 月的一个晴天前往静冈,从海岸远眺南阿尔卑斯山,圣岳、赤石岳、荒川岳、恶泽岳等雄峰一个个雪白闪耀。

群山的前面是光岳。虽看不见光岳成名的巨岩——那多半是夕阳光线角度的缘故,或许离山更近的地方可以看到闪闪发光的光岩吧。我带着怀旧之情凝望光岳,不知是否有幸还能再登上它的峰顶。

八十七、白山

我的故乡之山是白山。不论是从老家二楼的窗户、小学门口、钓小鲫鱼的河边,还是去游泳的海岸沙丘,总之,在我的故乡,不论何处都能看到白山。它正对着我,高贵而优雅。正像它的名字,山体一年到头有半年是雪白的。

白山开山于养老元年(717),传说是僧人泰澄[①]所开,是日本开山最早的山之一了。《万叶集》也曾吟咏过它。当时,从文化中心京城向陆奥地区远行的旅者们,进入北陆路[②],首先映入眼帘的雪山便是白山。人们一定会惊讶于它如此洁白纯粹。《古今集》之后,白山也经常出现在诗歌中,大多是作为积雪之山被吟诵。不论是率弁庆[③]同行的义经[④]一行,还是在奥州小道上疲惫前行的俳人芭蕉,都曾仰望过这座山。

白山不仅看着美,爬着也美。有爬地松和高山植物覆盖的山顶有几处旧火山口,里面蓄着湛蓝的水,再配上雪溪与岩石,宛如一座天然庭园。而且,稍稍离开山顶一带那些满是夏季登山者的地方,便是原始、恬静、几乎无人涉足的好去处。

我第一次登上白山是在中学的时候。那是我平生第一次登上夏季积雪的山。对于那之前玩遍故乡低山的我来说,爬上白山是我的登山"开眼"之行。那之后,我又有多少次爬上了白山一带啊。

关于白山,想说的话根本说不完。白山就是这样一座使我受益良多的山。

---

①泰澄大师(682—767):奈良时代修验道的僧人,白山的开山之祖。
②北陆路:日本北陆地区日本海沿岸的旧官道。
③弁庆:武藏坊弁庆(1155—1189),平安时代末期的僧兵,源义经的家臣。
④义经:源义经(1159—1189),平安时代末期的名将。

八十八、荒岛岳

几年前的5月,我去胜山町看望姐姐时,趁机去爬了荒岛岳。从胜山町到大野町(两町现都已改行市制)的途中看到荒岛岳,毫无疑问,它是一座气势非凡的山。

我坐在亲戚T的车上,看着荒岛岳对他说:"好美啊!"他回道:"yogoesu(美得很)!"——那是久违的越前方言。

T开着车,给我讲了许多这一带的事情。

"据说以前,荒岛岳正面的山谷中残雪成为Y字形时,九头龙川的渔民就开始捕香鱼。"

一同前来的妻子问:"但是以前的人不叫残雪为Y字形吧。"

T说:"是的,以前叫鹿角。"

鹿角,这多有情趣啊。今天那鹿角只剩一个杈,在闪闪发光。

听说以前的人是从"佐开"登山口开始上山的,如今,从滑雪场"中间"开了一条路。从小荒岛岳到主峰荒岛岳,一路上是漫山遍野的鲜黄的空木花,啼叫声不绝于耳的杜鹃,给我们留下了很深的印象。

站在荒岛岳山顶上放眼望去,最先映入眼帘的是白山。白山上仍是白雪皑皑,圣洁而美丽,屹立在东北的天空之下。它的前边,法恩寺山、经岳、赤兔山、愿教寺山连绵一气,它们都是福井山岳会的大显身手之地。这里山名大多与佛教有关,是因为它们都在泰澄大师从古刹平泉寺[1]出发初次登顶白山时的登山路线上。

能乡白山看得也挺清楚,但要说起山的品位,还是荒岛岳更胜一筹。荒岛岳山顶的小佛龛中有好几尊地藏,其中一座上面刻着元治元年(1864)。

果不其然,荒岛岳从很早以前就是人们崇拜、攀登的山了。

八十九、伊吹山

日本的大动脉东海道铁路[2],从大垣到米原之间,这一带正是《太平记》中有名的关于俊基朝臣被流放关东的故事中所说的"番场、醒井、柏原、不破关,荒芜破败,更兼秋雨"。在整个东海道铁路中,没有比这一带离山更近的了。这些山中,我最喜欢的就是伊吹山。

伊吹山山脚下近年来建起了水泥厂,这大概因伊吹山整个山体都是石灰岩结构,被企业家给盯上了。

我不喜欢山上人多,就挑选了 4 月中旬的一天。那日天气一般,我一个人行走在寂静的山间,枯草间蒲公英、草海棠和刻叶紫堇五颜六色,十分美丽。我不是采药人,比起考究花儿,渐高渐美的风景更加打动了我。

---

①平泉寺:白山平泉寺,位于福井县胜山市。

②东海道铁路:是一条由日本东海旅客铁道营运,连接东京、名古屋和大阪的高速铁路线路。

伊吹山的正南面是仰着头的灵仙山，它的身后就是铃鹿群山。山脚下的近江平原，正是油菜开花的季节，大片的美景犹如一片片黄绿相间的马赛克，十分亮眼。琵琶湖上，春霞横弥，远处隐约可见湖对面的比叡、比良峰，比良峰上还有依稀的残雪。

近江平原如今看来实在是宁静平和，而在元龟、天正时期，这一带却是血肉横飞的战场。像贱岳、姉川、关原这些著名的古战场都近在咫尺。平原上小山包犬牙交错，想必是古时步兵作战的理想之地吧。

在伊吹山顶，我的第一个收获，就是北面远处略带茜红色的纯白的白山。我从来没有从这样的角度看过这么美的白山。伊吹山顶的胡麻花在雪融之间，已然开了。在这春光和煦宁静的山顶度过的一个小时，简直就是我人生中最美好的一段时光。

九十、大台原山

大和国是日本文化开化最早的土地，但它的南半边却是重峦叠嶂，其中横贯南北的两大绵长山脉分别是大峰山脉和台高山脉。前者甚为有名，后者却鲜为人知。台高山脉从奈良三重县境内的高见山开始向南延伸，快到尽头的隆起就是大台原山。

大台原山以前叫大平，后来叫大平原，再后来又变成大台原。最后又在后面加了个“山”字，就成了现在的大台原山。以前人们直截了当叫它大平，山如其名，山顶是广阔的高原。树木茂盛，是因为降雨量很多。从这高地流出的大杉谷和东之川形成的峡谷，可能也是由于丰沛的雨水侵蚀形成的。人们常说，如果爬大台原没遇到雨，那个人一定是个勤奋修行的人。有统计显示，城里一年的降雨量，在这里不满一个月就能达到。

我爬这山，当时是 3 月初。山上还有积雪，吉野的春意已慢慢往山上前行了。站在最高点的秀岳顶上时，遇上了大好天。晴空万里，眺望西边的大峰山脉，座座山头历历可数。回首向东，眼底下尾鹫市海湾的小岛都清晰可见。

我只爬了一次就遇上这么好的天气，不是修行勤奋，而是选择避开了雨季而已吧。

从大和路的上市，沿着吉野川到大台原山登山口附近已经通了巴士。途中我还经过一些似乎很有由来的古老村落：国栖、入之波等等。谷崎润一郎的名作《吉野葛》中描写过吉野川流域的风光，书中说到，山上有两家旅馆，我在书中所说的第二家旅馆住了两晚，完成了大台原探胜。

广阔的牛石原，长满了京都矮竹，时不时还有大树耸立其间，颇有一种自然公园的趣味。一旁有一卧牛状的石头，由此取名牛石原。石头附近立有神武天皇的铜像。因为传说这神话中的天皇途经这大和之地去了东方。

横穿牛石原，站在细长突出的大蛇岩鼻头上，脚底下就是深深的峡谷，对面的绝壁是蒸笼岩和千石岩。千石岩是座长约千米的大岩壁，其间有细长的白色瀑布倾泻而下。

其后数年，我再次造访大台原山时，到山顶已通了收费机动车道。上山走的这新路，下山我取道大杉谷方向。这个大杉谷，真是美不胜收，壮观的瀑布一个接一个，水清澈而丰沛，这样的溪谷之美在全日本也可说屈指可数。

九十一、大峰山脉

大峰山是日本文献记录中记载的最古老的山，古时因山中产金，又叫“金岳”，后来成了金峰山。甲州的金峰山、肥后的金峰山……其他各地的金峰山都是因为分祠供奉从这个大峰山请的藏王菩萨①而得名的。

大峰山的开山之祖是役小角。据说役小角22岁时就到大峰山上修行了。因为有这样伟大的登山先驱，大峰山就成为人们信仰的灵山，天皇、贵族、公卿也竞相前来参拜。

4月中旬，还未开山，我在泉州山岳会成员仲西政一郎的带领下来到了大峰山。为了登山上岳，我们先坐大巴到山脚的洞川——这里是昔日的登山口，据说到了开山期每个客栈都是满员。这里的龙泉寺里有一个泉水池，修验者在此沐水净身——叫“水垢离”——然后才能登山。院内有一“女人不许入”石标，从这里起，禁止女性登山。

---

①藏王菩萨：全称金刚藏王权限或金刚藏王菩萨，日本特有的山岳佛教修验道的最高信仰对象。

从洞川出发有很气派的参道。到了山脊线上的洞辻茶屋,山道就和从吉野方向来的纵贯路合成一条了。这条吉野道从六田渡出发,经吉野山而来,是忠实地沿着大峰山脉修建的路。从洞辻茶屋到山上岳的山梁上,有一处要通过岩壁上方的道路,它就是有名的"西窥"。据说修行的向导会命令登山者探身下望深谷,如果在此处不发誓孝敬父母,便会坠入谷底。

我们当晚住在还没有人的龙泉寺客房,第二天一早便登顶了。山顶有一座虽然古老但很气派的大殿,正门上挂着一把大锁,开锁之日就是开山的 5 月 7 日。

我们从山上岳向南进入纵贯路。经过小篠宿、胁宿等旧时的道场。到了这一带,就没有那些信教的碑呀石佛了,完全是纯粹的登山范围,女性也可以来。从大普贤岳到"行者还岳"的路是整个纵贯路中公认最险峻的。夜幕时分,我们才赶到弥山的山地小屋。

第二天一大早,我们踏着残雪登上八经岳,海拔 1915 米,是近畿的最高点。晴空万里,大峰山脉尽收眼底。从这里,纵贯路还要蜿蜒向南延伸,而登上最高峰已让我心满意足,于是我不再留恋,就和同行人下山了。

九十二、大山

相传大山是我国最古老的山之一。古时住在出云国①的神觉

---

①出云国:日本旧国名。

得自己的国土太小了,想把别国多余的土地移来填补,便吆喝着“国来,国来”,用大绳子拉来了土地,那固定绳子的桩子就是火神岳(现在的大山)。这些都记在《出云风土记》中。

大山读作“dai sen”,山阴的“山”大都读作“sen”,比如冰之山、扇之山。就像大多将“峰”读作“tawa”一样,是这个地方独有的叫法。虽然大山位于伯耆国①境内,却有着“出云富士”之称,这可能是因为只有从出云国眺望大山才能看到其规整如富士山的外形吧。我分别站在松江城、出云大社和三瓶山顶三个地方远望大山,总是能一眼认出它那美丽的圆锥山形。

大山最让我赞叹的地方是山顶磅礴而凌厉的气质。东西方向长长延伸的顶棱,就像剃刀般锐利,看上去就如同在从两面砍削大山一样。

山北壁,夕阳尽染时的美,有如古陶般细腻厚重。而南壁我是在清晨旭日东升时看的。脆弱的山体坍塌之处一一呈现出清晰的影子,其上有尖锐的顶峰矗立着——简直是美的极致。

大山寺就在山北壁的下面。让大山在人文方面出名的就是这座寺。它大概建于奈良时代。关于寺院开基的传说不少,据西行法师的《撰集抄》记载,养老②年间,玉造一位叫俊方的武士在大山狩猎,瞄准一头鹿射去,结果鹿没射到,箭却插在了武士特别尊崇的地

①伯耆国:日本旧国名,属于山阴道。

②养老:日本古代年号,为奈良时代之女天皇元正天皇所使用。使用年代为717年至724年,共计八年。

藏菩萨身上,武士非常后悔,由此发愿,在此处修建了一座庙宇。

那以后,大山寺开始拥有僧兵,成为武力与权力的一大势力。几经变迁,到江户时代,大山寺已经拥有三千石的寺院领地,成为具有治外法权的幕府直辖区。如今我们只能通过那些残垣断壁和陈旧的石板路遥想当年的盛况,昔日繁荣过后的遗址,任由草木丛生,令人不胜唏嘘。在明治维新时期的废佛毁释①之前,这里还是神佛共存的。现在的大神山神社的奥宫就是大智明权现的本殿。通往那里长长的石板路,还残留着浓厚的古香。

其中一处僧坊名为莲净院,志贺直哉②曾在那里逗留过一段时间。他的小说《暗夜行路》的结尾处,描写主人公时任谦作去爬大山,其中有一段从那里俯视山下拂晓时分的景色,传神地写出了大山落在地上的影子一点点缩小的景象。他写道:“大山的轮廓如刀斧般强劲有力地刻印在了大地之上,如此英武霸道的身姿,看得久了,竟然让人热泪盈眶。”

从这里山顶上向南展望,尽是重峦叠嶂的群峰,不过,山面向日本海一侧可以见到的景致就多了。近在眼前的风景在《暗夜行路》里都有详细的描写。海的远处,隐岐岛清晰可见。东方隐约能看见像是扇之山、冰之山等连峰。西面远远地,如同并排倒扣着三个瓮

---

①日本明治维新时,为巩固天皇为首的中央政权而采取的神佛分离、神道国教化政策。

②志贺直哉(1883—1971):日本“白桦派”代表作家之一,有小说之神的美誉。

（瓶）一样的三瓶山，一眼便可以认出。

九十三、剑山

在我国的山名中，有“驹”字名字的山最多，其次就是“剑”字的了。有名的如立山山脉的剑岳、木曾驹的宝剑岳，以及富士山的最高峰剑锋。御岭和白山的山顶上也有同名的山峰。如果要寻找各地海拔再低一点的剑山，那更是数不胜数。

我最早是从贞光口登剑山的，爬到见之越，就住了一夜，但当时遇上了暴雨，没能到达山顶，只好悻悻而归。三年后的夏日，我沿着祖谷川而上，最终到达了山顶。

祖谷川这个名字很早就听说过，是我想去的一个地方。进到我国远离人烟的深山老林，各处都有自称平氏家族后裔的部落。在日本历史上，没有比平家没落更具浪漫主义色彩的故事了，我们这些行者，到了这样的部落里，总会觉得，连那烧木炭的村姑也带着几分端庄优雅的气度。

听说祖谷川多美女，然而很遗憾，我并不是一个女子美的鉴赏者。但是，平家的逃亡者定居在坛浦附近的深谷里，这与其他山里流传的平家传说相比更具真实性。祖谷川山高谷深路远，据说中途还有原始的葛藤吊桥①和保存着平家赤旗的大户人家。

---

①葛藤吊桥：位于德岛县西祖谷山村善德。葛藤编织的吊桥，是日本三大奇桥之一。

剑山顶上有一片广阔的高地，是一个悠闲得让人想睡午觉的好地方。正对面是地势稍低的次郎笈，模样很有气派。北边，越过重重山峦，能看见濑户内海。从这里几乎看不见平原。反过来说，在有人烟的地方大约是望不到剑山的，由此可见它是多么幽深。

下山时，我取道穴吹方向。从一森峰（海拔 1879 米）上回望，可以看到剑山和次郎笈两座山并排而立，我觉得这里是观察剑山的最佳之地。我沿着陡峭的山路下来，便来到了富士池，再沿着陡坡继续下，来到溪流边，清冽碧绿的山涧上，架着朱红色的桥，这就是“垢离取”桥。旧时，修行者在这里沐浴净身，然后去登山。

九十四、石锤山

1942 年 10 月中旬的一天晚上，我泡在四国道后温泉的大池里，仰望着浴池中的装饰圆塔上刻着的山部赤人的《至伊予温泉作歌一首并短歌》。之所以说“仰望”，是因为全是“皇神祖之神乃御言乃……”之类的万叶假名，太艰深了，我根本不会念。诗歌里面有“伊予高岭”的字样，让我十分高兴，我忍不住盯着看——因为我第二天就要去爬这“伊予高岭”。

伊予高岭就是石锤山。当天正午，我登上松山城①的天守阁，首先就朝石锤山的方向看去，只可惜天气不好，看不见。做向导的

①松山城：位于爱媛县中部的松山市。

守城人安慰我说:要是大晴天,一定看得很清楚。

石锤山不仅在四国,在整个日本西部也是最高的,是我国从古以来就为人赞颂的名山之一。《日本灵异记》[①]中就有它的名字,作为石锤神居住的山而受人崇拜。

“石锤”的语源——按照木暮理太郎的说法——古时称为“岩锤”(iwatuti),而“tuti”就是南洋语系中的“tyuti”,是“长老”的意思。也就是说,石锤山是岩山的头目,因此被称作“iwatuti”。这名字可能是因山顶附近露出的岩石而得的。

据说最早登上石锤山的是役小角。如今古时风俗已渐渐消失,在以前,油菜花盛开的时节,巡礼四国八十八处名刹[②]的朝圣最是热闹。等朝圣者身影渐渐稀少,就是一年中第二重要的行事——拜山,拜石锤山。路上到处能看到前往拜山的白衣行者,尤其是在伊予、土佐[③]两国。

我登上山顶之时,期待已久的濑户内海挡在云层之下。周围把石锤山奉为盟主的卫星峰倒是都能看见。一众连绵的群山远处就是土佐湾。东方亦是无数群山环绕,尽头的阿波剑山[④]的群峰也能看见。

天青如水,微风不起,这秋高气爽的好日子,我独自一人,立于

---

①《日本灵异记》:公元 822 年前后完成,共 3 卷,由僧人景戒撰写。日本最古老的佛教故事集,按年代顺序收有民间故事和因果故事等 116 篇。

②四国八十八处名刹:位于四国地区的 88 处空海和尚的灵场。

③土佐:日本旧诸侯国名,现在的高知县。

④剑山:详见本书第 93 章。

这四国最高处，只觉四国景象尽收眼底。然而，这里的山又何其多矣。有模有样的绿地，就只有松山和西条①的平原。

此外，除了山还是山。

九十五、九重山

九州的最高峰是九重山。九重山是山群的总称，其主峰是久住山。九住虽为最高峰，但并不是在山群中鹤立鸡群的那一个——群山中的大船山也有几乎同样的高度，而且，稻星山、星生山、天狗之城、中岳、三俣岳和白口岳等等，和主峰也仅仅相差不到 50 米。应该说这里不是久住“独裁国”，而是九重“共和国”。而且这些山峰都是一样的钟状火山，不注意的话很难分清楚哪个是哪个。

因为山峰成群而聚，所以这里地形复杂，到处都是垭口、平野和温泉。这些地形可以有不同的组合，让游人制订出变化纷呈的快乐一日游行程。我去过牧户越、矛立垭口和锅割垭口。至于温泉，据说总共有 20 个，而且泉质也各不相同——例如被称为寒地狱的冷泉，冷得令人发抖，但入浴的人还络绎不绝，可见其效果之明显。令人开心的是这里的温泉都很朴素，完全没有温泉乡那样的奢华氛围。虽然我只在牧户(旧中野温泉)、法华院和筋汤住过，但这几处温泉屋都是适合登山者的令人舒适的住处。

---

①西条：旧城下町，位于爱媛县东北部。

法华院以前是天台宗的一大寺院，伫立着庄严的塔堂伽蓝，现在却只有稻草屋顶的古风旅舍供游人留宿。让人感到有些可惜。

这里最打动我的是山间各处的高原平地。位于山上东、西、北三面的“千里浜”，明明是南方的山，却遍地是越橘。还有，像尾濑的缩小版一样的美丽湿地“坊之坪”，被山静悄悄地包围起来的“佐渡洼”——不穿过这些高原的话就哪里也去不了，多么有趣的山呀。

代表九重高原的，北侧有饭田高原，南侧有久住高原。尤其是久住高原，令我震撼。如此悠悠然自由延伸的大高原，我在别处还没有见过。我去时是草木冬枯的 2 月，却没有丝毫萧疏的感觉，与其说满目枯黄色，倒不如说是温暖的骆驼色，这颜色，让高原变得明亮、柔和，尽显丰厚辽阔。

第二次拜访九重山是在 3 月中旬，刚好遇见久住高原的烧荒①。到处舞动着的火苗，在宽广的原野上宛如波涛般涌来，伴随着噼里啪啦的枯草燃烧声。熊熊燃烧的火舌凶猛地扑过来，一不留神就会被火焰包围。滚滚浓烟直上蓝天，然而浓烟之间，头顶白雪的九重山仍然默默无语，高洁而立。

九十六、祖母山

祖母山又名姥姥岳（亦作妪岳、鹈羽岳）。据说此地祭祀的丰

①烧荒：是指开荒种植前烧掉荒地上的野草。

玉姬命[1]是神武天皇的祖母,故而得名。古时的记录,大多采用姥姥岳这个叫法。

我选了3月中旬爬祖母山,是因为我钟情于早春时节的山,那时还没有登山者造访,很是安静。我拜托熟悉九州群山、出身大分县的加藤数功[2]与我同行。我们从竹田坐巴士来到山麓的神原,在当地的素朴民宿度过一晚,第二天一早便去登山。在五合目的小屋,离开溪流,由此一路陡坡爬到古国境,来到山脊上的国观垭口。高高大大横在眼前的就是祖母山。此时树木尚未发芽,我们一路上踏雪前行,奔赴山顶。

山顶有个石砌的小神祠。天空万里无云,阳光和煦。我数着目力能及的群山,幸福地度过了一小时。西边矗立着阿苏山,旁边外轮山的山麓一直延伸到世界的尽头。我转而望向另一边——那是有着重峦叠嶂保护的古日向国[3]。从祖母山到倾山的主山脊线经过南边的大障子岳与巨岩相连,其后向东曲折变成平缓的山脊,经过古祖母山和本谷山,尽头处便是倾山。

我下山取道尾平方向。途中一睹祖母山东面的风光,实在是妙不可言。冰斗状的山谷为岩壁所环绕,其下满是郁郁葱葱的原始森林,矗立的岩峰同幽深的密林搭配,我觉得,这才是大自然巧夺天工之作。

---

①丰玉姬命:即丰玉毘卖命或丰玉毘卖乃,《古事记》之写法,《日本书纪》里则写成丰玉姬、丰玉姬命,她是日本神话里海神绵津见的女儿、玉依姬的胞姊。

②加藤数功(1902—1969):九州登山家、山岳研究家,于1928年成立筑紫山岳会。

③日向国:日本古代的令制国之一,属西海道,俗称日州、向州。大约为现在之宫崎县全境。古代袭国之一部分,占九州东南部大部分地区。

次日我们登上了倾山，之后去了竹田，来到因名曲《荒城之月》[①]而闻名的古城遗址。我满腔怀旧之情，从此处再度眺望祖母山和倾山——祖母山依然是优雅的金字塔，倾山则显得略微倾斜而突兀。此情此景，令我双眼不由得湿润起来。

九十七、阿苏山

阿苏山的规模据说是世界第一的。中学的时候，老师给我们说，阿苏山的旧喷火口中有城镇有村子，还跑火车，这完全无法想象。之后虽然知道那是塌陷火山口，东西 15 千米，南北 20 千米，但只凭数字根本还是无法体会到它到底有多大。

我第一次真真切切地感觉到“真够大啊！”是站在九重山、祖母山上眺望它的时候——这些山都比阿苏山高，可以俯瞰火山口内部，其中央的“阿苏五岳”也可以一一数过来。但让我感到吃惊的不是火口盆地，而是它那环状外轮山外侧延伸的旷野，规模巨大，甚至一直延伸到九重山和祖母山之下。人们叫它波野原，“波野”是个好名字。

在这旷野上有一条路贯穿其中，就是连接熊本和竹田的古官道，现在还能看到这里那里的有留下来的松木行道树。旧时的行旅

---

①《荒城之月》：是近代日本歌曲，泷廉太郎（1879—1903）作曲，土井晚翠（1871—1952）作词。

大概就是一步步走过这看似没有尽头的路的。文人墨客之流也会忍不住吟咏一番吧。

赖山阳[1]有诗为证：

大道平平砥不如，熊城东去总青芜。
老杉夹路无他树，欠处时时见阿苏。

对于我来说，阿苏这名字听着就念旧。从少年时代嘴里哼着孝女白菊的歌"阿苏山村秋瑟瑟，夕阳西下望寂寥"的时候起，阿苏这个名字便刻进了我的脑海中。上了初中之后，我读夏目漱石[2]的《二百一十日》，其中描写茫茫旷野无尽的芒草，还有轰隆隆火山喷烟的场景都给我留下了深刻的印象。

几年前的初春，我在阿苏山山脚下的坊中下车时，只看到火车站前成群结队喧闹的游客，就差点儿打消了登山的念头。远离人群后，我去了外轮山的大观峰。瘆人的寒气，凛冽的冷风，茫茫山中，除了我之外没有别人。从这里眺望外轮山，那绵延的连峰让我惊异无比，简直可以称得上是大自然的万里长城了。

第二天，我忍受着嘈杂喧闹，坐着观光巴士在无比平坦的道路上往山上行，然后坐上有世界第一之称的缆车，毫不费劲地抵达了

---

①赖山阳：即赖襄，姓赖名襄，字子成，号山阳、山阳外史，通称久太郎，别号三十六峰外史，书斋名"山紫水明处"，著名汉学家。日本人，生于安永九年(1780)，性格豪迈，著述广布。天保三年(1832)卒。父祖皆有名。著有《日本外史》等诸多书籍。

②夏目漱石(1867—1916)：本名夏目金之助，笔名漱石，取自"漱石枕流"(孙楚语，见《晋书》)，日本近代大作家。

喷火口上缘。游览的人群大多止步于此。到了“砂千里浜”,就已经看不到人影了。我从这里攀上松脆的旧火山口岩壁,一路来到中岳。

这天还是很冷,从这里到高岳的山脊上全都是雾凇。

东边屹立的根子岳(猫岳)是个石山,同是阿苏五岳之一,它却独自耸立在一旁。和这边平缓的山容相反,它是怪石嶙峋的岩崖。向下看,南侧是白川盆地,它同样被外轮山环绕着,南侧流淌的白川和北侧的黑川在下游汇合,冲破了外轮山的一角,流进熊本土质肥沃的原野。

下山的时候,我攀缘在火山口岩壁上方长长的小道上。这里要过好几处火山口,地势很复杂,不知道应该往何处走。脚下的火山口底部和周围的岩壁冒着滚滚的烟。

几经周折,我又回到了人群中,熔岩、白雪,一切恍如隔世。

九十八、雾岛山

我来登雾岛山是昭和十四年(1939)。我一个人爬上了雾岛火山群的韩国岳①、狮子户岳、大幡山、新燃岳、中岳等山,站在每个山顶一遍又一遍地远眺高千穗峰的风景,最后在充满乡土气息的新汤温泉休息了一夜,第二天一早我向高千穗峰出发,爬完陡坡。御钵(旧喷火口)的边上有一条路,右边是火山口,左边是陡峭的山谷,

---

①韩国岳:雾岛山的最高峰,海拔 1700 米。

叫作“马背梁”。橘南溪[①]所著的《西游记》中这样描述:“虽说是平直而行,但左右皆是石谷,如同走在剑刃上一般,脚踩处仅有马背大小,因而得名……”这是以前的情形,如今这里已是闭着眼睛都可以走的平坦大道了。走完这条路之后,我就到了旧神宫遗址,这儿离山顶就不远了。

那天一大早就是个有风的大晴天,正值空气清新的12月中旬,站在高千穗峰的山顶上放眼望去,风景实在是美不胜收。雾岛山的群峰自不必说,就连远处的樱岛山、开闻岳、野间岳都能尽收眼底。远远漂浮在锦江湾海面上的应该是竹岛或硫黄岛吧。山顶上有保护“天之逆矛”的混凝土的“堂”,再往下不远处就是看山人住的小屋。我一个人站在这座天孙降临的圣峰顶上,将古老的“袭之国[②]”收入眼底,感受着这块天皇祖先的发祥之地不忍离去。大约同一时期,登过高千穗峰的齐藤茂吉[③]留下了很多和歌,其中一首是:

神岳高千穗,挺拔严寒中。峰顶叹可观,天降此高山。

叫“高千穗峰”的山,宫崎县北部臼杵郡也有一座。到底哪一座才是《古事记》中所说的那个,一直以来都颇有争议。连本居宣

---

①橘南溪(1753—1805):江户中后期的医者、文人,著有游记《西游记》《东游记》。

②袭之国:日本古代九州南部的地名,相当于今鹿儿岛县曾于市一带。

③齐藤茂吉(1882—1953):日本的歌人,1951年获文化勋章。

长①在《古事记传》中也说:“然可视为此山者共有两处,实在不易分辨。”开国 2600 周年时,两地都坚称自己才是名副其实的高千穗。当时正值将高千穗峰尊为“圣迹”的风潮中,得到名号的好处很多。如今,这一风潮早已逝去。在那个日本右倾的时代,甚至禁止人们怀有不敬之心攀登高千穗峰。现在,也没有了这种强制性的精神束缚,人们可以登上这南国亮丽之峰,尽情地亲近这个神话传说中的古国了。

九十九、开闻岳

橘南溪是德川时代写过《东游记》和《西游记》的旅行家。《东游记》中有一篇《名山论》,说:

人都以自己家乡的山川为傲,觉得是天下第一,实不可信。依我看,能称作名山的,有立山、白山、鸟海山、月山、岩木山、岩手山、彦山、开闻山和樱岛山。

如今看来,橘南溪对名山的选择颇有些滑稽。如果前面这些可以算名山,那与其相比毫不逊色的不知有多少。但是,他这毕竟是150 年前说的话。当时交通不便,橘南溪无法了解众多优秀的深山,仅仅是注意到了那些官道沿线的山罢了。

---

①本居宣长(1730—1801):日本江户时期的国学家、文献学家,日本国学的集大成者,与荷田春满、贺茂真渊及其后的平田笃胤齐名,被称为日本“国学四大家”。

之所以提到橘南溪的《名山论》，是因为其中的开闻岳甚合我意。一座海拔不足千米的山和其他诸山为伍，同列名山，闻之不由得会心一笑。高度虽有不如，但在个性上它却独一无二。我们再也找不到如此完美的圆锥形山体，也找不到把整个山体伸入海中的独特的构造了。因此，我毫不犹豫地就将其选入名山之中。

我登上开闻岳是在当年冬季 12 月的一天。我先参拜了山下的枚闻神社，品尝了当地的蜜橘，之后就沿着神社后面的山路径自去爬山。

开闻岳的海拔虽然不足千米，但因其就耸立在海边，爬起来也并非易事。爬到山腰处都是在密林中行走，再往上则是灌木带，视野非常开阔。登山道设计得实在高明，既不是直线，也不七拐八拐，而是螺旋状盘山而上。具体来说，从北面的登山口先绕到东侧，再经过南边绕至西侧，当最后绕回北面后，就到了山顶。这种难得一见的山路我还不知道有没有第二个。之所以这么说，是因为这山是完美的圆锥形，几乎没有放射状的山谷，因为这个原因才得以修成这螺旋道的。而且，从东侧绕到南边一带再往上，视野一直很开阔，随着向高走，能欣赏到四周的景色。向下俯视，目之所及尽是蔚蓝的大海。一边登山一边观海，这双重享受，弥足珍贵。

下山途中，我从岔路口来到了东面的川尻部落。从这里的海滩仰观开闻岳，忽然觉得，至此处观察，山体之美才无愧于它天下名山的美誉。

一百、宫之浦岳

西日本最高的山是四国的石锤山和剑山，爱山之人大概都知道。但是说仅次于它们的是宫之浦岳，他们大多就会现出一脸迷惑，“哪里有这样的山？”宫之浦岳是屋久岛的最高峰。从鹿儿岛向西南140多千米，日本最南端隔海的岛上竟有这么高一座山。或许让一些人感到意外。

屋久岛东西约28千米，南北约24千米，周长大约100千米，是一座接近圆形的孤岛。全岛被山占满，几乎没有平地。沿着海岸线的唯一的几块平地上散落着村落，但一旦踏入岛的内部，便全是山。

最高峰宫之浦岳高踞岛中央，稍隔开一点，是永田岳和黑味岳，都是海拔1800米以上的山。比它们低的山那就数不胜数。这里的山顶全叫“岳”，而据岛上居民说，这些叫岳的地方有330个。因此，从海上望去，与其说是岛，不如说是大山耸立在海上。

它们的统称，便是八重岳。

据说屋久岛古时候叫“益救”，天平十四年（742）并入大隅国，建久年间归岛津氏庇护。海边的宫之浦部落里有座院内铺满细沙的不染俗尘的益救神社。这座神社在公元927年成书的《延喜式》中就有记载，可见其很有来历。

我选择了昭和十四年（1939）12月的冬天攀登这座山。晚上10点，我从鹿儿岛出发，到屋久岛东海岸的安房登陆已是第二天下午了。我乘坐搬运木材的电车到安房川上游的小杉谷伐木所借宿一晚。屋久岛 83%都是国有森林，在这里，营林署是老大，无所不能，从山间小屋到登山路，所有设施都仰仗营林署。

第二天晴空万里，我到“花之江河”的山间小屋住下。这里的参天古木，犹如东北山中的青森椴松点缀其中。日落前我爬上了黑味岳，隔着峡谷眺望对面的宫之浦岳——它是座金字塔状端庄的山，左边的岩头连着永田岳。夕阳斜洒，让群山看起来更为壮观。

伴着鹿鸣声我迎来了又一个晴朗的清晨，穿过屋久矮竹和石楠花混杂的闲适山道，我爬到宫之浦岳的峰顶。峰顶附近有深达 30 厘米左右的积雪。一眼望去，山峰林立，山的尽头便是海。我一直觉得好像是走在深山老林之中，站在峰顶，环顾四周的海，这才醒悟到原来已经身处大海之中的一座孤岛上了。宫之浦岳从海边的哪个村落都看不见，自然我站在峰顶能看见的也只有山和海。

回想起来，这样的旅程已是 25 年以前的事情了。

当时想着可能再也不会来这种南海之岛了。但是近年来屋久岛越来越有名起来，雾岛国立公园扩大范围，把屋久岛也包进去了。据说不久就要通飞机了。

也许我还会有重游的机会。但是，大概再也听不到鹿鸣了吧。

听说年年都有几十头鹿被猎杀。而那朴素的海边村落，游客进来后，昔日的风情大概也会随之远去吧。还是不再去重游了，也许将自己沉浸在没有旅游纪念品、没有明信片的昔日屋久岛的回忆之中才是明智的。

后　记

日本是一个多山之国。不管到哪里,没有看不见山的地方。不管走到哪里,都有形态优美的山俯瞰着市、町、村——而这山必定都会被写进那里学校的校歌里。日本的国民,大抵是看着山长大的。只有东京离山很远。但是,在煤烟很少的过去,富士山、筑波山就是东京不可或缺的城市背景。

像日本人这样崇尚山亲近山的国民,在世界上也没几个。从开国之初就与山有缘,在日本,无论何种艺术,没有不把山当题材的。近年来,登山特别盛行,被叫作登山热。但这绝不是一时的流行,而是因为山就常住在日本人的心中。

我起了去爬遍我国所有显眼的山,然后从中挑选百大名山的这个念头,是大战前的事儿了。那时,我在一个山岳杂志上以“日本百大名山”为题,连载了大概有 25 篇文章,因杂志停刊中断了。但是,事关山岳,我是个执念很深的人,所以,战后又重燃斗志,终于在还历之年完成了夙愿。

本书中所列出的百大名山,我全部爬上去过。既然要挑 100 个,那必须得去登数倍的山。我没有数过自己到底登过多少座山,从少年时代一直到今天,我基本上就没有停止过登山。

思考、评判日本的名山,我并不是第一个。橘南溪所著《东游记》中就有一篇《名山论》,列了 9 座名山。今天看来,这个名单也实在太可怜了。但这是 150 年以前旅行十分不方便的年代的事情了，也是不得已的。

谷文晁有三卷《日本名山图绘》，总共绘制了 90 座山。大多用日本画的手法进行了变形、夸张，但每一座山都是经过写生的却是事实。从九州一直到北海道口，凡是从旧官道沿途能看到的有名的山，大抵都包含其中。但是，这 90 座中，有很多像房州的锯山、伊势的朝熊山这样的小山。而我国高山峻岭最集中的日本阿尔卑斯山脉，却只有驹岳、御岳、立山三座收录其中。

南溪、文晁，都是爱山的旅行家，但他们并不知道在日本的崇山峻岭之中，尚有许多了不起的山。这本也无可厚非。信州、越中、飞騨的深山始为世人知晓，已是明治末年了。越后、会津、奥羽那些隐在僻地的山成为一般登山者所钟爱的对象，则更是那以后的事情了。登山逐年兴盛，时至今日，找遍全日本已经没有未知之山了。因而，我就决定无一遗漏地遍访日本之山。

选定这百大名山，光从山下看看是不够的，于是我全部登过了。其中有一些山，经过好几次挫折才终于成功登顶。总之，不登顶峰则心有不甘。如果我不登上去就做了选择，那就像招聘职员光看简历就下决定一样，不是我的风格。

我选的这些山，一定有人有异议。特别是，人一般是推举自己熟悉的山做名山的。但我是研究、比较了许多山之后才决定的。当然，我的眼，不像神佛那般公平。唯一让我对自己的眼光有些许自信的，是我将近 50 年的登山经历。

我给挑选名山定了三个标准。

第一,是山的品格。必须是无论谁看了都会感叹的了不起的山。

平凡的山是不取的。名山要么难,要么壮,要么美。没有打动人之处的山不取。就像人品是有高下的一样,山也有。

第二,看重山的历史。不能把那些自古就和人有很深关系的山排除在外。人们朝夕敬仰、在山顶上祭祀有小庙的山,自然就有名山的资格。因为它有山灵。

近年来观光业异常的发展,古代所谓的名门之山被庸俗化了,山上已经没有了山灵的栖身之处。这一类山,就不能选它了。

第三,有个性的山。有个性的山受登山者的喜爱,这和艺术品是一样的。不管是形状还是感觉,乃至传统,别人没有,只有那山才有的独具一格的东西,这是我看重的。随处可见的那种平凡的山我是不取的。当然,所有的山并不是一样的,都有各自的特点。而这之中,那些拥有强烈个性的山总会深深地吸引我。

作为附加条件,我为大山们画了一条等高线,所有选中的山都要达到海拔 1500 米以上。这并不是说山以高为尊。但是,如果没有一定程度的高度,就进不到我说的这个范围。比如,越后的弥彦山、京都的比叡山、丰后的英彦山等,都是自古闻名的名山,但都太低了。当然也有例外——筑波山和开闻岳。至于为什么选了它们,我在它们各自的篇章中已经写了。

当时我做了一个百大名山候补名单,然后从里面挑选。里面的山,70%都是没有问题一次通过。剩下的就在取舍线上,要过筛子选——真是像考官要把自己心爱的学生刷掉一样难受。

具体点说,北海道我选了 9 座。但这之外,尚有乌边珊山、二屏卒山、石狩岳、边天狩岳、芦别岳、驹岳、樽前山等等很有实力的候补。只是我以仅仅是看过这些山,而没有实际登过这个不公平的理由就将它们排除了,实在是有些对不起这些山。

东北地区,我当时也许应该把秋田驹岳和栗驹山选上的。森吉山、姬神山、船形山,都是好山,只不过低了点儿。

最让我拿不定主意的,是上信越三古国地区。这里虽然没有高度第一等级的山,但是属于二级高度的却一抓一大把,而且都是我喜欢的山。女峰山、仙仓山、黑姬山、饭绳山、守门山、荒泽山、白沙山、鸟甲山、岩菅山,还有其他一些山,放进百大名山之中也毫不逊色的山还有很多。

经常有人问我:你最喜欢哪座山?我的回答总是固定的。那就是:最近刚爬过的那座山。因为印象最新。也许上面列举的那些山,如果我是刚刚爬完归来,一定就会把它们列入百名山之中了。爱它你就没法选。

日本阿尔卑斯的群山,就占了日本百名山的四分之一以上,这也是没有办法的事。它们是本州的脊梁。随便数数那些引人注目的山,就会超过 30 座。从它们之中选择,也让我费了一番工夫。原本应当入选的,就有雪仓岳、奥大日岳、针木岳、莲花岳、燕岳、大天井岳、霞泽岳、有明山、饿鬼岳、毛盛岳等等。南面的大无间山、笊之岳,还有七面山,真想把它们也算上。

北陆地区,我原想一定要把白山山脉的笈岳,或者大笠山收上的。这不仅仅是因为它们是我故乡的山而偏心。我实在是想向世人宣传还有如此隐秘不为人知的好山。但是,我还没有机会登顶,只好忍痛割爱了。

关西地区,我选了伊吹山、大台原山、大峰山。此外,还有自古闻名的铃鹿山、比良山也很想要上。我去了铃鹿山三次。但是,山中的御在所岳已经完全游乐园化了,而且,我爬上藤原岳眺望铃鹿群峰,让我最终犹豫不决的还是它们没有高度。比良山也是一样。也许,应该从奥高野的群山中选一个的,但是,我还没有爬过那里。

日本的"中国地方"[①]鲜有高山。伯耆大山我也爬上去过,那天是个秋高气爽的好日子,站在它的顶上,我眺望着这些分割山阳、山阴脊梁的山脉,总期望哪里能有一座引人注目的山。但是,重峦叠嶂的群山,都是一些平夷的山头,没有特别吸引人的。我也造访了蒜山,但是要推举为名山,还欠点儿什么。

我更向西行,爬了三瓶山,从那里眺望西中国地区的群山。结果一样,名山探访无果而终。因而中国地区最后只选了大山这 1 座。假如还要再选一个的话,也许应该是冰之山吧。

四国地区的石锤山和剑山这两座山,想来没有异议。九州选了 6 座。但是,我心里还一直想着由布山、市房山、樱岛山。它们都是

①中国地方:是日本的一个区域概念位于日本本州岛西部。

很有个性、很棒的山。“日本百名山”是我依自己的主观想法挑选出来的,不能说这一定就很妥当。但是,报纸上常常有“日本新名胜百景”之类的,大概是由营业宣传政策的多寡来确定的。比起那种选法,我的这种尝试要准确多了。我想听听大家的意见。如果今后还有再版的机会,我打算对其中的若干做一些替换。

最后,让我感谢劝我把《日本百名山》在山岳杂志《山与高原》上进行连载的大森久雄君。还有,本书中插入的地图,是独标登高会的山口耀久、中村朋弘、石井重胤三位,付出了很大的劳力做出来的。照片的大部分,是从我的山友们那里借来的。一并在此表示衷心的感谢。

深田久弥　1964 年 5 月

(昭和三十九年 7 月刊,新潮社《日本百名山》后记)